双葉文庫

知らぬが半兵衛手控帖

半化粧

藤井邦夫

目次

半化粧　知らぬが半兵衛手控帖

江戸町奉行所には、与力二十五騎、同心百二十人がおり、南北合わせて三百人ほどの人数がいた。その中で捕物・刑事事件を扱う同心は所謂《いわゆる》〝三廻り同心〟と云い、各奉行所に定町廻り同心六名、臨時廻り同心六名、隠密廻り同心二名とされていた。

臨時廻り同心は、定町廻り同心の予備隊的存在だが職務は全く同じである。そして、定町廻り同心を長年勤めた者がなり、指導、相談に応じる先輩格でもあった。

第一話　半化粧《はんげしょう》

一

　江戸城の西北、神田川に架かる牛込御門橋《うしごめごもんばし》を渡ると坂道になる。坂道は幅の広い階段状で上がっており、『神楽坂《かぐらざか》』と云った。『神楽坂』の謂《いわ》れは、穴八幡《あなはちまん》神社の祭礼の時、坂の途中にある旅所に神輿《みこし》を止め、神楽を奏《かな》でたところからきている。

　神楽坂の上がり口の神田川端は荷揚場になっており、建ち並ぶ店の荷が積まれていた。その店の外れに、荷揚場の人足や荷船の船頭を客にしている『花や』という小体《こてい》な飯屋があった。

『花や』とおよそらしくない名前の飯屋は、主《あるじ》で板前の蓑吉《みのきち》と女房のおみなの夫婦二人で切り盛りされていた。『花や』は飯と味噌汁は好きなだけ食べられ、惣菜はいろいろある中の二品を選べた。人足や船頭たちは喜んで通い、『花や』は繁盛していた。

蓑吉とおみなは五年前に所帯を持ち、『花や』を開いた。二人は仲も良く、いずれは料理屋を営む望みを抱いて働いていた。『花や』という飯屋に似合わない名前は、その時の料理屋に付けるのを考えてのものだった。


雨戸が遠慮がちに叩かれた。

「半次《はんじ》かい……」

北町奉行所臨時廻り同心白縫半兵衛《しらぬいはんべえ》は、遠慮がちに叩かれた音の様子で訪問者を推測した。

「へい」

岡っ引の半次が、障子と雨戸の向こうから返事をした。

「さるは掛けていない。開けてくれ」

「へい。御免なすって……」

〝さる〟とは、戸の上や下の桟に取り付けられたもので、鴨居《かもい》や敷居に挿し込んで戸締まりをする落とし錠である。

半兵衛は雨戸を閉めても、さるは落としていなかった。

半次はがたがたと雨戸を開け始めた。

半兵衛は布団から抜け出し、汗に湿った寝巻きを脱ぎ捨てて下帯一本になった。

雨戸が開けられ、朝の光が眩《まぶ》しく溢《あふ》れた。

「お早うございます」

半次が障子を開けて姿を見せた。

「どうしたい」

「へい。鎌倉河岸《かまくらがし》で留吉《とめきち》って大工の死体が見つかりました」

「鎌倉河岸……」

お夕《ゆう》の営む居酒屋の近くだ。お夕は今は亡き岡っ引の辰造《たつぞう》の娘で、半兵衛とは昔からの顔馴染《かおなじ》みだった。

「殺しかい」

「ええ。背中を袈裟懸《けさがけ》にばっさり……」

「一太刀か」

「あっしが見た限りでは……」

「そいつは凄いな」

一太刀で人を斬り殺すのは容易な事ではない。斬ったのは町人ではなく武士。それも、かなり剣の修業をした使い手と思われる。

「こういっちゃあなんだが、金が目当ての物盗りじゃあないな」

「仰《おっしゃ》る通りで、僅かな銭の入った巾着《きんちゃく》は無事に懐にありました」

金を奪い盗るのが目的の殺しなら、見るからに金持ちを狙う筈だ。下手人《げしゅにん》は人を斬りたくて殺した……。

半兵衛は、下手人である武士の姿を思い浮かべようとした。だが、その姿は思い浮かばなかった。

「旦那、恨みですかね」

「恨みね……」

金が目当てでなければ、恨み。

留吉という大工は、殺されるほどの恨みを買っていたのかもしれない。半次の睨《にら》みは当然だった。

「でも、腕の立つ侍が、大工を恨むってのもしっくりしませんかね……」

「いや。そんなことはないよ。人は何処《どこ》でどんな恨みを買っているか分からないし、恨んでいる者に頼まれての仕業ってのもあるさ」

「成る程。で、どうします」

「定廻りは誰だい」

半兵衛は、担当する定町廻り同心の名を訊いた。

定町廻り同心は、南北両町奉行所に六名ずついる。そして、定町廻り同心の予備的存在の臨時廻り同心も六名ずつおり、半兵衛もその一人だった。臨時廻り同心の職務は、定町廻り同心とまったく変わりがなかった。

「相良《さがら》の旦那です」

「孫右衛門《まごえもん》か……」

「へい」

相良孫右衛門は八丁堀《はっちょうぼり》でも名高い子沢山であり、子育てと大店《おおだな》を巡り歩いて小遣いを稼ぐのに忙しい定廻りだった。

期待は出来ない……。

半兵衛は苦笑した。

「どうします」

「よし。今夜、鎌倉河岸に飲みに行こう」

「お夕さんの店ですか」

「うん。今夜も現れるかもしれないからね」

半兵衛は苦く笑った。

「じゃあ、あっしは殺された大工の留吉が恨まれていたかどうか、調べてみます」

「無駄骨になるかもしれないよ」

半兵衛が、留吉殺しを扱うかどうかは分からない。

「その時はその時ですよ」

半次は威勢良く飛び出していった。

見送った半兵衛は、井戸端で水を浴びて廻り髪結の房吉《ふさきち》が来るのを待った。

北町奉行所に出仕した半兵衛は、差配与力大久保《おおくぼ》忠左衛門《ちゅうざえもん》に呼ばれた。

「半兵衛、事件だ」

忠左衛門は甲高い声で告げた。

「はあ……」

半兵衛は無愛想な顔を向けた。

「半兵衛、その方、もう少しお役目に励む気になれぬのか」

忠左衛門は、半兵衛のやる気のない様子に白髪眉を怒らせた。

「鎌倉河岸の大工殺しですか……」

半兵衛は素早く躱《かわ》した。

「なんだ、知っているのか」

「それはもう……」

半兵衛はもっともらしく頷《うなず》いた。

「そうか……」

「で、大工殺しが何か」

「それなのだが、半兵衛。定廻りの相良孫右衛門の扱いとしたが、孫右衛門は知っての通りいろいろ忙しくてな。よって半兵衛、その方の扱いとする。早々に探索を始めるが良い」

予想通りか……。

半兵衛は密かに苦笑し、忠左衛門の前から早々に引きあげた。

暮れ六つ（午後六時）。

外濠《そとぼり》神田鎌倉河岸は、昼間の賑わいも消えて静かな夜を迎えていた。

鎌倉河岸は江戸城築城の時、鎌倉から運んだ石を陸揚げしたところから付けられた名前だった。

半兵衛は濠端に佇《たたず》み、大工の留吉が斬られた様子を思い描いた。

相良孫右衛門の検分書によると、留吉は日本橋室町二丁目の普請場で仕事を終え、仲間の職人たちと居酒屋で酒を飲んだ。そして、三河町の裏長屋に帰る途中、鎌倉河岸で無残に斬殺された。

半次の報せ通り、留吉は背中への袈裟懸の一太刀で斬り殺されており、他に傷は何もなかった。孫右衛門は、金目当てでないところから一件を辻斬《つじぎ》りとしていた。金が目当てでなく恨みでもない殺しは、手掛かりも少なく動機も読めず探索は難航する。

稼ぎにならない……。

孫右衛門は、それを見越して一件の扱いを返上したのだ。

半兵衛が検分書を貰う時、孫右衛門は哀れみを込めた眼を向けた。

「ご苦労さまですね」

「ま、扶持米《ふちまい》分は働かなくてはね」

半兵衛は苦く笑った。

只の辻斬りなら必ずまた現れる……。

半兵衛はそう睨んでいた。

お夕の店は、長い飯台の前に腰掛代わりの空き樽が六個並んでいるだけで、客はいなかった。

長い飯台の端には、白い花の咲いている植木鉢が置かれていた。

半兵衛と半次は、空き樽に並んで腰掛けて酒を飲み始めた。

「留吉はお袋と弟の三人暮らしでしてね。長屋の者たちの話じゃあ、酒が好きなぐらいで、真面目な働き者だったそうです」

「真面目な働き者か……」

「ええ。大工の棟梁《とうりよう》や仲間たちも、留吉が恨みを買っているなんて思いもよらないと……」

「そうか……」

半兵衛は酒を啜《すす》った。

「やっぱり、只の辻斬りかしら……」

女将《おかみ》のお夕は、新しい酒を半兵衛と半次に注いだ。

「うん……」

「だとしますと、留吉を幾ら調べても下手人の手掛かりなんか浮かびませんね」

半次は吐息混じりに酒を飲んだ。

「うん……」

半兵衛は、刻み生姜《しょうが》と葱《ねぎ》の入った醬油を掛けた豆腐を食べながら返事をした。

「それにしてもお夕さん、眼と鼻の先での人殺しに何も気が付かなかったのかい」

「何云ってんのよ半次さん。大きな悲鳴でもあがりゃあ気が付きもするでしょうが、争う声も何も聞こえなかったんですから。それにね、腕の立つ下手人だから、物音も立てず悲鳴もあげさせずに斬ったのよ」

「こいつは畏《おそ》れ入りました。流石《さすが》は辰造親分のお嬢さんだ」

半次は苦笑した。

お夕の睨みの通り、下手人は擦れ違いざまに留吉を斬ったのだ。留吉には助けを求めたり、悲鳴をあげる暇は与えられなかったのだ。

客は訪れず、半刻が過ぎた。

飯台の端に置かれた鉢植えの白い花が、小さく揺れた。

　半兵衛には白い花が葉に見えた。いや、見えたのではなく、白い葉だったのだ。

「お夕、あの鉢植え……」

「半化粧ですか」

「半化粧……」

「ええ。それは半化粧って呼ばれていましてね。白い花に見えるのは、白い葉っぱなんですよ」

「白い葉っぱなのか……」

「ええ。でも、その内に緑色になる不思議な花なんです」

「緑の葉っぱが白い化粧で花を装い、元に戻る半化粧か……」

　半兵衛は面白そうに呟いた。

　半兵衛と半次は、お夕を相手に静かに酒を飲んでいた。

「旦那……」

　突然、半次が緊張し、耳を澄ませた。

　微かに呼子笛《よびこぶえ》の音が聞こえた。

「呼子が鳴っていますよ」

「うん」

半次と半兵衛は表に出た。

呼子笛の甲高い音色が、夜の静けさに突き刺さるように響いていた。

半兵衛と半次は、呼子笛が鳴っている方向を見定めようとした。呼子笛の音は、北から聞こえていた。

「北、神田川の方です」

「八《や》ツ小路《こうじ》だ」

半兵衛と半次は、北に向かって猛然と走り出した。

八ツ小路は、神田川に架かる筋違御門《すじかいごもん》前の火除《ひよけ》御用地だ。

半兵衛は走った。裾を帯に巻き込んだ羽織が、風を受けてふくらんだ。それでも、巻き羽織にせず、裾を風になびかせて走るよりは良い。

半兵衛と半次は、幾つもの町を抜けて走った。木戸番や自身番の番人たちが、六尺棒と提灯《ちょうちん》を手にして恐ろしげに佇んでいた。

呼子笛の音が近付き、遠くに提灯の明かりがちらほらと見えた。

その時、行く手の闇が微かに揺れた。

「半次」

半兵衛は、前を行く半次の肩を摑んで引き戻した。半次は仰《の》け反《ぞ》り、横手に倒れ込んだ。同時に覆面に着流しの武士が、行く手の暗がりから飛び出した。

半兵衛は咄嗟《とっさ》に十手を構えた。

刹那《せつな》、覆面に着流しの武士の刀が、蒼白い閃きを鋭く放った。

半兵衛の十手が唸りをあげた。

夜の闇に火花が散り、甲高い金属音が鳴った。一瞬、血と焦げた臭いが過《よ》ぎった。そして、覆面に着流しの武士は、半兵衛の横を駆け抜けた。

半兵衛は追った。だが、覆面に着流しの武士は路地に入り、奥の暗がりに消え去った。

逃げられた……。

半兵衛は立ち止まり、肩で息をついた。

呼子笛の音が甲高く鳴り響いた。半次だった。

「旦那……」

呼子笛を握り締めた半次が、隣に並んだ。

「大丈夫かい」

「はい。お蔭で助かりました。旦那は……」

半次は僅かに震えていた。

「うん。お夕に繕《つくろ》って貰うさ」

半兵衛は苦く笑い、斬り裂かれた羽織の袖をひらひらと振って見せた。

「恐ろしい野郎ですね」

「うん。恐ろしい使い手だよ」

「この路地を抜けたとしたら……」

半次は夜の闇の向こうを透かし見た。

闇の向こうには、駿河台《するがだい》小川町の武家屋敷が広がっている。

「野郎、あそこに逃げ込んだのですかね」

「うん……」

「誰だ」

数人の男たちが現れ、厳しく誰何《すいか》した。

「こちらは北町の白縫の旦那だ」

半次が怒鳴り返した。

「知らん顔の半兵衛旦那と半次の兄貴でしたか……」

一人の男が進み出た。岡っ引・柳橋の弥平次《やへいじ》の下っ引の幸吉《こうきち》だった。

「幸吉つぁんか……」

「はい。旦那と兄貴、辻斬りを……」

「ああ、野郎、駿河台小川町の方に逃げて行きやがった」

「よし、追ってみろ」

幸吉は、二人の若い下っ引たちに命じた。

「皆、無茶な真似をすると命取りだ。逃げ込んだのを確かめるだけだよ」

半兵衛は静かに云い聞かせた。

「分かったな、皆」

「へい」

二人の若い下っ引は、路地の暗がりに消えて行った。

「幸吉つぁん、野郎、今夜も辻斬りを働いたのか」

「ええ。柳原《やなぎわら》通りでお店の番頭を……」

二人目の犠牲者が出た。

柳原通りは、筋違御門から浅草御門までの神田川沿いの道であり、幸吉の親分柳橋の弥平次の縄張り内だった。

「親分の言いつけで見廻りをしていたんですがね……」

幸吉が悔しげに言葉を呑んだ。

柳橋の弥平次は、南町奉行所の同心から手札を貰っている岡っ引だった。今月の月番は北町奉行所だが、岡っ引に関わりはない。弥平次は、幸吉たち配下に警戒させていた。

「鎌倉河岸の次は柳原通りか……」

半兵衛は呟いた。

「どっちも駿河台小川町の周りですね」

半次が眉を顰《ひそ》めた。

「って事は旦那、辻斬りは……」

幸吉が意気込んだ。

「駿河台小川町に住んでいる旗本か、その家来って事かな」

「やっぱり……」

「ま、そいつもあり得るって話だ。それより次に現れるとなると……」

半兵衛は、神田川沿いの町を思い浮かべた。

「神田川沿いに湯島に小石川、牛込神楽坂辺りですか」

半次が先を読んだ。

「うん。駿河台小川町を神田川と囲んでいる町となると、その辺かな」

辻斬りは、駿河台小川町を中心にした神田川沿いに現れる。

半兵衛はそう読んだ。

「じゃあ、次は湯島辺りですかね」

幸吉は半兵衛に尋ねた。

「うん。昌平橋《しょうへいばし》から学問所界隈、夜は人気も少なくて出そうだね」

「水道橋や小石川は？」

「あの辺りは武家地だ。下手な真似はしないだろう」

湯島の学問所・聖堂を過ぎると町家は途絶え、大久保隼人の定火消御役屋敷や御三家水戸屋敷などが甍《いらか》を連ねている。辻斬りが、わざわざ危険を冒すとは思えない。

「でしたら牛込御門、神楽坂辺りですか……」

神楽坂は武家屋敷が多いが、町家も軒を連ねている。そして、次の市ヶ谷御門《いちがやごもん》迄《まで》の神田川沿いには、町家が続いていた。

「きっとな……」

辻斬りが現れるとしたら、次は湯島か神楽坂辺りなのだ。

「よし。幸吉、柳橋の親分に逢わせて貰おう」

半兵衛は幸吉に告げた。

隅田川には、船行燈《ふなあんどん》を灯《とも》した船が行き交っていた。

「御馳走さま」

半兵衛と半次は、船宿『笹舟《ささぶね》』の娘お糸《いと》の給仕で茶漬けを食べ終え、茶を啜った。

「お粗末さまでした」

お糸が茶碗を片付けて座敷を出た。

「お待たせ致しました」

柳橋の弥平次が、酒と肴《さかな》を持った女将のおまきと幸吉を従え、見計らったように現れた。

「夜分、いきなりすまないねえ」

半兵衛は詫びを入れた。

「とんでもございません。お役目ご苦労さまにございます。おまき……」

「白縫さま、さ、どうぞ……」

おまきが半兵衛に酒を勧めた。半兵衛は猪口《ちょこ》を手にした。そして、幸吉が半次の猪口に酒を満たした。

「おまき……」

弥平次は手酌で酒を注ぎながら、おまきに声を掛けた。

「はい。じゃあ白縫さま、ごゆっくり……」

おまきは、にこやかに挨拶をして座敷を後にした。

「幸吉……」

弥平次が幸吉を促した。

「へい。旦那、辻斬り、やっぱり駿河台小川町に逃げ込んだようですよ」

二人の下っ引が、逃げた辻斬りの足取りを辿《たど》って分かった事だった。

「そうか……」

「面倒な事になりそうですね」

弥平次の言葉には、辻斬りが旗本か、旗本家に関わりがある者との読みが込められていた。

「うん。だが放っちゃあおけない。親分、幸吉に聞いたと思うが、手を貸して貰えるかな」

「仰るまでもなく。で、手前どもはどちらを」

「湯島を……」

「心得ました」

弥平次は頷いた。

半兵衛は湯島一帯の監視を弥平次に任せ、神楽坂を見張ることにしていた。

二

梶原平九郎《かじわらへいくろう》は、庭伝いに自室に入った。

屋敷は主《あるじ》が帰って来たのにも関わらず、潜り戸を開けた老下男の富吉《とみきち》以外は眠り込んでいた。

自室は暗く、冷えびえとしていた。平九郎はほっとしたように緊張を解き、行燈に火を灯した。灯された火は小刻みに揺れ、平九郎の横顔を不安げに浮かびあがらせた。

平九郎は息を整え、静かに刀を抜いた。

血の臭いが微かに漂った。

刀の刃には、薄紅色の血が浮かんでいた。平九郎は懐紙でゆっくりと拭いを掛けた。血は消えたが、脂の曇りは残った。懐紙で拭うだけで血脂は消し去れない。

早々に砥《と》ぎに出さなければならない……。

平九郎は刃こぼれを探した。だが、幸いな事に僅かな刃こぼれもなかった。

平九郎は、斬り殺した番頭風の男を思い出した。番頭風の男は、擦れ違う寸前に袈裟懸に斬られ、驚いた面持ちで尚も歩いて前のめりに倒れた。番頭風の男にしてみれば、平九郎の刀は一瞬の煌《きら》めきにしか見えなかった筈だ。

赤ん坊の泣き声が響き、平九郎の思考を中断させた。

三歳の長女、そして生まれて十ヶ月目の長男は、梶原家での平九郎の立場を決定的なものにした。

我が子に追いやられる父親……。

平九郎は己を嘲《あざけ》り笑った。

梶原家の一人娘由利《ゆり》の入り婿になって五年、息子が生まれて平九郎の役目は終わった。

義理の父親の仁左衛門《にざえもん》は、男の孫が生まれた時から掌を返した。

婿の役目は終わった……。

仁左衛門の平九郎を見る眼には、そうした思いがありありと浮かんでいた。

岳父《がくふ》仁左衛門は、一人娘の由利が梶原家を継ぐ男の孫を産めば良かったのだ。

それは妻の由利も同じだった。

子を造る種馬……。

めでたい長男の誕生は、平九郎の梶原家での立場を弱めるものでしかなかった。仁左衛門と由利、そして奉公人たちまでもが平九郎を侮《あなど》りはじめた。只一人、平九郎に同情してくれたのは、実家の小坂家から付いてきた老下男の富吉だけだった。

斬る……。

平九郎は呟いた。乾いた呟きには、既に恨みも怒りもなく、虚しさだけがあった。

神楽坂の荷揚場は荷船が着き、人足たちによる荷物の積み下ろしで賑わっていた。

昼飯時、飯屋『花や』は腹を減らした人足たちで溢れ、蓑吉おみな夫婦はこま鼠《ねずみ》のように働いた。そして一段落がついた時、着流し姿の半兵衛がふらりと店に入って来た。

「いらっしゃいませ」

おみなが迎えた。

「酒、貰おうか……」

「あの、お酒は置いていないのですが……」

おみなは探るように半兵衛を見た。

「そうか、だったら飯を貰うかな」

「お惣菜、もう鰯《いわし》の丸干しと煮物しかございませんが」

「いいよ。それで結構だ」

半兵衛は人懐っこい笑顔を見せた。

「はい」

おみなは釣られたように微笑《ほほえ》み、板場の蓑吉に注文を告げた。

半兵衛は開け放たれた戸口から荷揚場を眺め、辺りの様子を窺《うかが》った。

荷揚場は人足たちの威勢の良い声が飛び交い、活気と喧騒に満ち溢れていた。

「お待たせしました」

おみなが丼飯と味噌汁、煮魚と大根の煮物をのせた盆を持って来た。

「やあ、こいつは美味《うま》そうだ……」

半兵衛は箸を取った。

「女将、賑やかなものだね」

半兵衛は、飯を食べながらおみなに声を掛けた。

「はい……」

「夜も賑やかなのかい」

「夜ですか」

「うん。どうだい」

「荷揚場は静かなものです。ねえ、お前さん」

おみなは板場に声を掛けた。

「ああ……」

仕事をしていた亭主の蓑吉が、半兵衛に笑ってみせた。

「そうか……」

昼間は賑やかな荷揚場も、夜になれば人通りも途切れて淋しい場所になる。

辻斬りが現れても不思議はない……。

半兵衛は味噌汁を啜り、荷揚場周辺を窺った。半兵衛が様子を窺いにきているように、辻斬りも下調べにきているかもしれない。だが、半兵衛の気に掛かる者は一人もいなかった。

飯は美味かった。

「美味かったよ」

半兵衛はおみなと蓑吉に声を掛け、金を払って『花や』を出た。

「ありがとうございました」

蓑吉とおみなが、声を揃えて同じ明るい声音で見送った。

仲の良い夫婦だ……。

半兵衛は苦笑した。

「旦那……」

半次が駆け寄ってきた。

「どうだったい……」

「辻斬りに斬られた大工と番頭、旦那の睨み通り、やっぱり何の関わりもありませんでしたよ」

半兵衛は、恨みでの殺しの可能性を確かめる為、二人に繋がりがあるかどうか、半次に調べさせたのだ。だが、二人には何の関わりも繋がりもなかった。

「相手構わずの只の辻斬りか……」

「はい。で、こっちは如何《いかが》でした」

「今のところ、現れてはいないようだ」

「そうですか……」

「ま、昨日の今日だ。辻斬りも人の子なら、少しはほとぼりを冷ますだろう」

「はい」

「半次、こいつは長く掛かりそうだ」

半兵衛は、日差しに煌めく神田川を眩しげに眺めた。


柳橋の弥平次は、湯島一帯に手先を配した。だが、相手は辻斬りだ。下手な真似は命取りになる。弥平次は、下っ引の幸吉と夜鳴蕎麦屋《よなきそばや》の長八《ちようはち》、托鉢坊主《たくはつぼうず》の雲海坊《うんかいぼう》と鋳掛屋《いかけや》の寅吉《とらきち》、しゃぼん玉売りの由松《よしまつ》と飴売りの直助《なおすけ》を組ませ、夜の見廻りをさせた。

辻斬りが現れたら決して無理はせず、大声で騒ぎたてて狙われた者を助け、後を尾行して行く先を突き止める。

それが、弥平次の手先たちへの指示だった。

幸吉たちは、夜の湯島の見廻りを続けた。


駿河台小川町には、大名の江戸上屋敷と旗本屋敷が甍を連ねている。

辻斬りは、この武家屋敷街の何処かに潜んでいる……。

旗本や大名家の家来は、町奉行所の支配下にはない。下手に探索をして発覚すれば、半兵衛たち三十俵二人扶持の同心の首などひとたまりもなかった。だが、被害者が町方の者である限り、町奉行所は放って置くわけにはいかない。

辻斬りが、睨み通りに旗本か大名家の家来であった場合、半兵衛は町奉行所同心として捕まえる事は出来ない。

その時は、その時……。

半兵衛は覚悟を決めていた。

半兵衛は、与力の大久保忠左衛門に駿河台小川町に住む剣の使い手の洗い出しを頼んだ。

忠左衛門は仏頂面《ぶっちょうづら》をしながらも、内心嬉々として引き受けた。

何事もなく十日が過ぎた。

半兵衛は半次や役者崩れの手先の鶴次郎《つるじろう》と神楽坂に毎晩通い、交代で辻斬りの警戒をした。そして、柳橋の弥平次は、幸吉たち配下と湯島一帯を見廻っていた。

夕陽は行き交う人々の影を長く伸ばし、神楽坂の上に沈んでいった。

半兵衛は荷揚場の傍にある自身番に陣取り、警戒を強めた。

自身番から飯屋『花や』が見えた。『花や』は夜の客も絶え、蓑吉とおみなは後片付けに忙しく働いていた。その後片付けも終わり、蓑吉が湯屋に行った。おみなは暖簾《のれん》を仕舞《しま》い、店の表を掃除して戸締まりをした。後の出入りは、路地奥の裏口からするのだろう。

半兵衛は人通りが途絶え、月明かりに浮かぶ往来を透かし見ていた。半次と鶴次郎も半兵衛同様、何処かから往来を見張っている筈だ。夜の帳《とばり》に包まれた神楽坂は静まり、神田川の水の流れだけが微かに響いていた。

時が過ぎ、亥《い》の刻四つ（午後十時）になった。おみなが湯道具を抱え、『花や』の路地奥から小走りに出て行った。

四半刻が過ぎた。

今夜も現れないかもしれない……。

半兵衛は、番人の淹《い》れてくれた茶を啜った。


おみなは湯道具を抱え、神楽坂を下って牛込御門に向かった。夜の微風は、おみなの湯上がりの身体を爽《さわ》やかに包んでいた。

神楽坂を下ったおみなが、『花や』のある左手に曲がった。刹那、行く手に蒼白い閃きが瞬《また》いた。

おみなは思わず立ち竦《すく》んだ。

人足がゆっくりと崩れ落ち、覆面に着流しの侍が白刃を下げていた。

辻斬り……。

おみなは立ち竦み、微動だに出来なかった。

辻斬りはおみなに気付き、覆面に包んだ顔を向けた。覆面の間の両眼が、鋭くおみなを見据えた。

おみなは悲鳴をあげ、思わず後退りした。

覆面の間の両眼に、驚愕と狼狽《ろうばい》が一気に満ち溢れた。

次の瞬間、おみなは戸惑った。

呼子笛の音が、夜空に甲高く鳴り響いた。

辻斬りは、我に返ったように両眼を鋭く光らせ、素早く身を翻《ひるがえ》して神楽坂を駆け上がった。おみなは咄嗟に後退りし、身を縮めて辻斬りをやり過ごした。数人の男たちが、神田川沿いの左右の道から駆け寄って来た。

おみなの全身が、恐怖と緊張に激しく突き上げられた。

駆け寄って来た男たちの二人が、呼子笛を吹き鳴らしながら猛然と辻斬りを追っていった。

「まだ息がある。医者だ」

倒れている人足に駆け寄った男の一人が、聞き覚えのある声で叫んだ。返事をした男が走り去り、命じた男が人足の傷の血止めをし始めた。

おみなは湯道具を抱き締め、暗がりに蹲《うずくま》った。震えが全身を包み、奥歯がかたかたと鳴った。男たちは人足に血止めを施し、応急手当てを終えた。

「花やの女将だね……」

聞き覚えのある声がし、応急手当てを終えた男が近付いてきた。時々、店に飯を食べにきている着流しの侍だった。侍はいつもとは違って黒い紋付羽織を着ており、その裾を帯に巻き込んでいた。

町方同心だった。

「お侍さま……」

おみなは蹲り、震えていた。

「私は北町奉行所の白縫半兵衛って者だよ」

「そうでしたか……」

自身番の番人たちが、斬られた人足を戸板に乗せて自身番に運んで行った。

「女将、名前は……」

「おみなです」

おみなは半兵衛を見詰めて答えた。その眼には怯《おび》えが溢れていた。

「おみなか……」

「はい」

「じゃあ、おみな、辻斬り、どんな侍だった」

「わ、分かりません……」

「分からない」

「はい。覆面をして、着流しで、私、それしか分かりません」

おみなは怯えた眼を逸らし、声を震わせた。

「そうか……」

「はい……」

おみなは、歯音を鳴らしながら頷いた。

今は恐怖に気が動転し、何も気付かず思い出せないのかもしれない。

「よし。亭主が心配しているだろう。家まで送るよ」

「ありがとうございます」

おみなはようやく立ち上がった。

「旦那、斬られた人、死んだのですか……」

おみなは恐ろしげに声を潜めた。

「まだ息はあるが、どうなるやら……」

「そうですか……」

おみなは半兵衛に伴われ、悄然《しょうぜん》と『花や』に向かった。

荷揚場は、集まってきた近所の者たちで騒然としていた。その中に『花や』の主、おみなの亭主蓑吉もいた。

蓑吉は、湯屋に行ったまま帰らない女房おみなを心配していた。

「お前さん」

おみなの涙声が蓑吉を呼んだ。

「おみな」

蓑吉は、同心に付き添われてきたおみなに駆け寄った。

「無事だったか」

「ええ……」

おみなは、今にも涙の零《こぼ》れそうな眼で頷いた。

「蓑吉だったね」

尋ねた同心は、時々店に来る侍だった。

「へ、へい……」

「おみなは辻斬りに出逢っちまって、気が動転している。休ませてやるんだな」

「へい。御造作をお掛け致しました。さ、おみな……」

蓑吉はおみなの肩を抱き、『花や』の路地奥に入っていった。半兵衛は、蓑吉のおみなに対する労《いたわ》りを感じた。

「白縫さま……」

自身番の番人が半兵衛を呼んだ。

「どうした」

自身番にはあらゆる明かりが灯され、駆け付けた医師が斬られた人足の手当てをしていた。

「先生の話では、辛うじて助かるかもしれないと……」

「そいつは良かった」

「へい……」

「とにかく何処の誰か突き止めて、家族に報せてやってくれ」

「承知しました」

番人は半兵衛に会釈をし、自身番に戻って行った。

「旦那……」

柳橋の弥平次が、荷揚場の桟橋からやって来た。

「やあ。親分、こっちに現れたよ」

「はい。そう聞いて伝八《でんぱち》の猪牙《ちょき》で飛んで参りました」

「今、半次と鶴次郎が追っているが……」

「幸吉たちを駿河台小川町に入る昌平橋、水道橋、小石川御門に張り付けました」

神楽坂は神田川の西北岸になり、南東岸の駿河台小川町に戻るには神田川に架かる橋を渡らなければならない。弥平次は逸早く三つの橋を監視下に置き、辻斬りらしき武士が戻って来るのを待った。

「流石は親分だ」

「で、斬られたのは……」

弥平次は眉を顰めた。

「人足だが、どうにか助かるようだ」

「そいつは何よりでした」

弥平次は喜んだ。


半次と鶴次郎は、辻斬りを追って神楽坂を上がった。だが、辻斬りは神楽坂を上がり切ったところで姿を消した。そして、辻斬りらしき侍は、幸吉たちが張り込んだ三つの橋にも現れなかった。

半兵衛たちの張り込みは失敗した。救われたのは、斬られた人足の命が辛うじて助かった事だった。

半次と鶴次郎は、翌日から辻斬りが姿を消した坂の上一帯を調べ歩いた。だが、神楽坂を上がったところは、左に町家が並び、右に武家屋敷が続いていた。

町家はともかく、武家地での調べは容易に進まなかった。

辻斬りはおそらく武家地に逃げ込んだ……。

半兵衛はそう睨んだ。

武家地に逃げ込み、旗本の辻番所を巧みに躱して江戸川を渡り、大きく迂回して駿河台小川町に戻ったのかもしれない。

何《いず》れにしろ逃げられた……。

半兵衛は次の手を考えた。


あの夜以来、おみなは落ち着かなかった。

訪れる客が侍だと、微かな怯えを見せていた。

おみなの怯えには、恐怖と微かな喜びが入り混じっていた。

微かな喜び……。

そこには、おみなの秘密があった。

平九郎さま……。

おみなはそっと呟いてみた。

懐かしい感触が蘇《よみがえ》った。

覆面から見えた驚愕と狼狽に溢れた眼は、平九郎に違いなかった。五年の歳月が過ぎてはいても、おみなには忘れられない平九郎の眼だった。それは、きっと平九郎も同じだったのだ。だから、平九郎はおみなを見て驚愕し、狼狽したのだ。

平九郎さまは私を忘れてはいない……。

おみなは、湧きあがる喜びに浸った。同時に後ろめたさを覚え、慌てて喜びを否定した。平九郎は辻斬りだ。

正体を知られたのを恐れ、おみなの口を封じに来るかもしれない……。

おみなは恐怖を覚え、密かに震えた。

蓑吉は、時々ぼんやりと考え込むおみなに戸惑い、心配した。

「おみな、何か思い出したのか」

「いえ……」

平九郎の事は、蓑吉に云える筈はなかった。

「そうか、もし何か思い出したら、白縫の旦那にすぐお報せするんだぜ」

おみなは頷いた。

あの夜以来、同心の白縫半兵衛は、おみなの様子を見に訪れていた。だが、おみなは何も思い出さないと首を横に振った。
「そうか、ま、何か思い出したら報せてくれ」
半兵衛は決して無理強いはせず、優しい言葉を残して帰って行った。
おみなは安心した。だが、その安心は、半兵衛の優しい言葉に砕かれた。
優しい言葉の裏には、疑いが秘められているのかも知れない……。
後ろめたさは、おみなの不安を増幅させた。
おみなは恐怖に突き上げられ、半兵衛を避けるようになった。
半兵衛に疑惑が湧いた。

三

半兵衛に湧いた疑惑は、様々な可能性を思いおこさせた。
おみなは、辻斬りが誰か知っている……。
辻斬りはおみなの身許を知り、脅しを掛けてきた……。
何れにしろ、半兵衛は一つの結論に達した。
おみなと辻斬りは、何らかの接点を持っているのだ。
半兵衛は鶴次郎におみなを見張らせ、半次にその過去を洗わせた。

あの夜、平九郎は不意に現れたおみなに動転した。

五年振りの不意の再会は、平九郎を恐怖と混乱に陥れた。だが、混乱しながらも、平九郎は武家屋敷街に逃げ込み、追って来る二人の男を辛うじて振り切った。そして、神楽坂に住む幼馴染みの旗本の屋敷に泊まり、町奉行所の手から逃れたのだ。

おみなは自分に気付いた……。

如何《いか》に覆面で顔を隠しても、おみなは目を見れば誰か分かった筈だ。分かったから、おみなは戸惑いを浮かべたのだ。

おみなに証言されたら破滅する……。

平九郎は恐怖に突き上げられた。おみなは、裏切った自分を恨んでいる筈だ。平九郎を突き上げた恐怖は、激しい震えとなって襲い掛かってきた。

あの夜、おみなは湯道具を抱えていた。つまりおみなは、神楽坂界隈で暮らしているのだ。

平九郎は老下男の富吉を呼んだ。

富吉は、平九郎が梶原家の入り婿になった時、実家の小坂家から付いてきた下男だった。今の平九郎にとり、梶原家で只一人心許せる相手なのだ。

「おみな……」

富吉は驚いた。

平九郎は事情を説明した。

「そうですか、おみなと逢ったのですか……」

富吉は哀しげな吐息を洩らし、平九郎を憐れんだ。

「富吉、おみなは神楽坂で暮らしている。探してくれ」

平九郎は富吉に命じた。

「旦那さま、おみなを探して如何致すおつもりですか」

「分からぬ。分からぬが探してくれ……」

平九郎の混乱は、おみなに逢った夜から続いていた。

北町奉行所与力大久保忠左衛門は、半兵衛の来るのを待ちかねていた。

「半兵衛、駿河台小川町に住んでいる剣の使い手が分かったぞ」

「それはそれは、御苦労さまにございました」

「うむ。この者たちだ」

忠左衛門は、一枚の紙を半兵衛に渡した。紙には、五人の武士の名と剣の流儀が記されていた。

「五人ともそれぞれの流派の免許皆伝《めんきょかいでん》。手向かいもしない町方の者を斬るのに造作はなかろう」

「はい。それで大久保さま、大久保さまはこの五人の内、何方《だれ》が辻斬りと思われますか」

「左様、一人目の坂崎殿は間もなく隠居をする老体。三人目の工藤さまは、郡代のお役目で諸国の幕府領巡察に参られている。故にこの二人は除いて良いだろう」

「残るは三人……」

「うむ。半兵衛、儂《わし》は二人目の横山殿と五人目の梶原さまが気に掛かる」

「ほう、そのわけは……」

「二人とも無役の小普請《こぶしん》。暇を持て余している筈だ」

「成る程、横山さまと梶原さまですか……」

横山松之助は、三百石取りの旗本で神道無念流《しんとうむねんりゅう》の使い手だった。そして、梶原平九郎は四百石取りの旗本で心形刀流《しんぎょうとうりゅう》の剣客だった。

「どうだ半兵衛、儂はこの二人のどちらかが辻斬りだと思うがな」

忠左衛門は、得意気に半兵衛の顔を覗き込んだ。

「はあ……」

今のところ、忠左衛門の睨みを否定するものはない。

「じゃあ、辻斬りが現れた夜、横山松之助さまが何をしていたか調べてみますか」

「うむ。そうだ、そう致すが良い。何なら半兵衛、儂も手を貸そうか」

忠左衛門は身を乗り出した。

「いえ、それには及びません」

半兵衛は慌てて断り、早々に御用部屋を後にした。


おみなの暮らしに変わった事はなかった。

亭主の蓑吉と『花や』で客の相手をし、忙しく働いていた。

半次は、荷揚場の傍の自身番から見張りを続けていた。

おみなは五年前、蓑吉と神楽坂にやって来て『花や』を開いた。働き者の蓑吉とおみなは、町内の者や荷揚人足たちにも評判は良く、『花や』は繁盛していた。

その頃、鶴次郎はおみなの過去を辿っていた。

おみなは小間物の行商人の娘に生まれ、十五歳の時に口入屋《くちいれや》の紹介で旗本屋敷の下女奉公に出た。そして十年の間、旗本屋敷で下女奉公をし、二十五歳の時に暇を取って蓑吉と所帯を持っていた。

おみなの評判は良かった。

鶴次郎は、おみなの悪い評判を探した。だが、見つける事は出来なかった。

鶴次郎は、四ッ谷《よや》御門近くにある小坂平左衛門の屋敷に向かった。

小坂平左衛門は三百石取りの無役の旗本であり、おみなの下女奉公先だった。

小坂屋敷は、御三家尾張藩《おわりはん》上屋敷と外堀の間にあった。

鶴次郎は小坂屋敷の周囲を歩き、小坂家の様子を窺った。だが、武家屋敷の内情の聞き込みほど難しいものはない。鶴次郎は他家の中間や下男下女にそれとなく当たった。

旗本三百石小坂家は、当主の平左衛門と奥方、元服したばかりの嫡男と二人の娘がいた。そして、二人の若党と六人の足軽中間、二人の女中と下女下男が奉公していた。

当主の平左衛門は、謹厳実直な男で二人の弟を養子に出していた。

小坂屋敷の周囲を歩き廻って分かった事はその程度だった。

鶴次郎は四ッ谷塩丁、麹町《こうじまち》、そして四ッ谷大木戸に続く往来の左右に並ぶ町家に向かった。そして、小坂屋敷出入りの商人を探し、台所事情から調べるつもりだった。

四ッ谷大木戸は内藤新宿《ないとうしんじゅく》に抜け、甲州街道と青梅《おうめ》街道に続いている。鶴次郎は、漂ってくる埃と馬糞《まぐそ》の臭いに眉を顰めた。

神楽坂の荷揚場は、辻斬りがあったのも忘れたかのように活気に溢れ、人足たちが威勢良く働いていた。

半次のおみな監視は続いた。

おみなも落ち着きを取り戻したのか、取り立てて変わった様子を見せてはいなかった。だが半次は、おみなが時々、ぼんやりと佇むのに気付いていた。

ぼんやりと佇んでいたのは、おみなだけではなかった。

半次は、神楽坂の下に佇み、荷揚場をぼんやりと眺めている下男風の老爺に気付いた。梶原平九郎の下男の富吉だった。

富吉は、平九郎の命令でおみなを探しに来ていた。だが、富吉はおみなを探すべきかどうか迷い、ようやく一つの結論に達していた。

おみなは探さなくてはならない。だが、平九郎さまに逢わせてはならない。

それしかない……。

富吉は己一人で始末をする気だった。それが、長年奉公してきた小坂家への恩返しであり、子供の時から可愛がってきた平九郎への思いだった。富吉は、全身に滲《にじ》み出す疲れに己の老いを感じずにはいられなかった。

富吉は深い吐息を洩らし、疲れた足を引きずって『花や』に向かった。そして、人足たちで賑わっている『花や』の前で立ち止まり、店の中を鋭く一瞥《いちべつ》して通り過ぎた。

下男風の老爺は、おみなを探している……。

半次の直感が囁《ささや》いた。

老爺は足を引きずり、疲れた様子で神田川沿いの道を進んで行く。

半次は尾行を開始した。

富吉は、神田川と江戸川の合流地に架かる船河原橋を渡り、小石川、湯島に向かった。

おみなを探すのは容易だった。

荷揚場の人足で、『花や』の女将が辻斬りと出逢った事を知らぬ者はいなかった。

富吉は『花や』を密かに覗き、女将がおみなだと確かめた。そして、おみなの様子を調べた。おみなは亭主と『花や』を営み、幸せに暮らしていた。

良かった……。

富吉はおみなの幸せを喜んだ。だが、それは一瞬の事でしかなかった。

平九郎さまの為に殺すしかない……。

富吉は呟いた。

おみなが、平九郎を辻斬りだと知っている限り、生かしてはおけないのだ。生かしておけば、平九郎はやがて捕らえられてしまう。捕らえられれば、梶原家を離縁されるだけではなく、打首獄門《うちくびごくもん》は免れない。

富吉は小石川御門前を過ぎ、水道橋を渡って駿河台小川町に入った。

半次は確信した。

下男風の老爺は、辻斬りと関わりがあるのだ。

半次は慎重に尾行を続けた。

老爺は駿河台の坂道を上がり、或る武家屋敷の潜り戸をくぐって消えた。

尾行は成功した。

半次は周囲に聞き込みを掛け、屋敷の主の名を聞き出した。

老爺が入った屋敷の主の名は、梶原平九郎だった。


「梶原平九郎の屋敷に間違いないんだね」

半兵衛は半次に念を押した。

「はい。年寄りは富吉といいまして。梶原家の下男だったんですが、どうでしょう旦那、あっしは辻斬りと関わりがあるんじゃあないかと思えるんですが」

「おそらく、半次の睨み通り、辻斬りは梶原平九郎だよ」

半兵衛は大した昂《たかぶ》りも見せなかった。

「旦那……」

半次は、半兵衛の落ち着いた様子が気になった。

「半次、梶原平九郎は心形刀流の使い手でね。駿河台小川町に住む五人の剣客の内の一人だよ」

半兵衛は忠左衛門の調べを教えた。

半次は、自分の睨みが間違っていなかったのに少なからず安堵した。

「それにしても旦那、辻斬りが梶原平九郎ならお手上げですね」

「うん。無役とはいえ四百石取りの旗本。私たちの手には負えないか」

「ええ……」

「なあに心配するな。罪もない者を二人も無残に斬り殺した奴だ。どうにかなるさ」

半兵衛は事もなげに言い放った。

「それならいいんですが。ところで旦那、梶原平九郎とおみな、どんな関わりがあるんでしょうね」

「二人が知り合いなのは間違いないだろうが、詳しい事は本人たちに聞いてみるしかあるまい」

「そうですね……」

辻斬りが梶原平九郎だと、おみなが証言すれば評定所に届けて捕らえさせる事が出来る。だが、半兵衛はそれが容易な事だとは思えなかった。

「よし、半次は梶原平九郎から眼を離すな。私はおみなに問い質《ただ》してみる」

半兵衛はそれぞれのやる事を決めた。


行燈の灯りが小さく瞬いていた。

平九郎は、障子際に控えている富吉を見据えた。

「それで、おみなは見つけたか」

「いいえ、まだ……」

富吉は浮かぶ狼狽を押さえ、必死に平静さを保とうとした。

「まことか……」

平九郎は探る眼差しを富吉に向けた。

「へい……」

富吉は偽った。おみなを見付けたと告げると、平九郎は早まって墓穴を掘るかもしれない。富吉はそれを恐れ、偽った。

「富吉、おみなは俺を恨んでいる。辻斬りは俺だと必ず役人に教える筈だ。そうなれば……頼む富吉、一刻も早く探し出してくれ」

平九郎は怯え、今にも泣き出しそうな顔で富吉に頼んだ。

子供の時と同じだ……。

富吉は、子供の頃の平九郎を思い出した。

父親や長兄の平左衛門に叱られ、泣いて縋《すが》り付いてきた幼い平九郎を思い出した。

富吉はその度、父親や平左衛門に土下座して許しを請うてやった。

幼い頃に母親を亡くした平九郎は、富吉に懐き甘えた。富吉も平九郎を可愛がり、学問所や剣術道場への送り迎えをした。そして、平九郎が心形刀流の印可を受けた時、富吉は下男仲間に自分の事のように自慢した。

あの頃と変わらない……。

懐かしさといとおしさが募った。

平九郎を辻斬りに追い込んだのは、梶原家の人々なのだ。いや、〝人々〟というより〝家〟なのだ。平九郎は哀れな犠牲者なのだ。富吉はそう思った。

「平九郎さま、何もかも無事に終わります。私にお任せ下さい」

富吉は平九郎を慰め、励まさずにはいられなかった。

夜明けの神楽坂には朝靄《あさもや》が漂い、荷揚場はまだ眠っていた。

飯屋『花や』の表戸が開き、蓑吉がおみなに見送られて買出しに出掛けて行った。

おみなは、蓑吉が朝靄に消えるのを見届け、表の掃除を始めた。

朝靄が揺れた。

おみなは思わず掃除の手を止め、身構えた。

朝靄の中から半兵衛が現れた。

「白縫さま……」

「おはよう……」

「おはようございます」

おみなは微かな怯えを滲ませた。

「辻斬り、梶原平九郎だね」

半兵衛は静かに尋ねた。

「えっ……」

おみなは虚を突かれ、一瞬だが眼を泳がせた。

辻斬りは梶原平九郎……。

半兵衛は確信した。

「そうなんだね」

半兵衛は念を押した。

「いいえ、違います」

おみなは間を置かず、否定した。

半兵衛は戸惑った。

「辻斬りが何処の誰かなんて、この前も云ったように私、分かりません」

「おみな、よく考えて思い出してくれ」

半兵衛は食い下がった。

「白縫さま、辻斬りは覆面をしていたんです。幾ら考えても、顔が分かる筈ないんです」

おみなは眼を逸らし、冷たい横顔を見せた。

「おみな、梶原平九郎とはどんな関わりなんだい」

半兵衛はいきなり質問の方向を変えた。

おみなは息を飲み、戸惑った。

「関わりだなんて、私は梶原さまなんてお侍、存じません」

おみなは、戸惑いを隠すかの如く半兵衛を見詰めた。

見返す半兵衛の眼に笑みが浮かんだ。

おみなの戸惑いを隠す仕草は、平九郎と関わりがある事を教えてくれた。

見詰めるおみなの眼が泳ぎ、不安と怯えが浮かんだ。

朝靄が薄れ始め、荷揚人足たちが集まり始めた。おみなは人目を気にした。

「白縫さま、私、やらなければならない事がありますので……」

これ迄だ……。

「うん。おみな、もし思い出したらすぐに教えてくれ。頼んだよ」

おみなは半兵衛から眼を逸らしたまま会釈をし、『花や』の店内に入っていった。

おみなは梶原平九郎を庇《かば》っている。辻斬りと知りながら証言を拒み、口を噤《つぐ》んでいるのだ。

何故だ……。

人殺しを庇うのは、只の知り合いなどではない証《あかし》だ。

おみなと梶原平九郎の間には、思いもよらない深い関わりが潜んでいる。

半兵衛はそう睨んだ。

朝靄は既に消え、神楽坂の荷揚場は朝を迎えていた。

四

駿河台小川町の武家屋敷は朝を迎えていた。

役目に就いている旗本たちが、家来を従えて江戸城に出仕し始めた。だが、無役の梶原屋敷の門は開かず、幼い子の遊ぶ声と赤ん坊の泣き声だけが時々洩れるだけだった。

半次は梶原屋敷が見通せるところに潜み、監視をしていた。

時が過ぎ、梶原屋敷から老下男の富吉が現れた。富吉は梶原屋敷に向かって深々と頭を下げ、思い詰めた面持ちで足早に出掛けていった。

半次は迷った。

富吉を追うか、辻斬りと思われる梶原平九郎の動きを待つか……。

その時、網代笠《あじろがさ》を被った武士が、梶原屋敷から現れた。

半次は咄嗟に物蔭に隠れた。

網代笠の武士は油断なく辺りを警戒し、老下男の富吉を追って坂道を降りて行った。

梶原平九郎……。

半次は素早く追った。

梶原平九郎と思われる笠を被った武士は、老下男の富吉を尾行していた。

半兵衛が味噌汁と生卵の朝飯を食べ終わった時、おみなの過去を辿っていた鶴次郎が現れた。

「おう、朝飯、食べたかい」

「いいえ、まだ……」

「味噌汁と生卵しかないが、良かったら食べるといい」

「こいつはありがてえ。遠慮なく戴きます」

鶴次郎は味噌汁を温めて生卵を入れ、丼飯にかけて啜り込んだ。

半兵衛はその間に着替え、いつ出掛けてもいいように仕度をした。

鶴次郎は既に朝飯を食べ終わり、茶を淹れて半兵衛を待っていた。

「で、何か分かったかい」

「へい。おみなは五年前まで四ッ谷に住む旗本小坂平左衛門さまのお屋敷に下女奉公をしていましてね。小坂家の三男坊で部屋住みの平九郎と恋仲だったそうです」

「へい。ですが、お武家の屋敷での惚《ほ》れたはれたは御家の御法度《ごはっと》。叶《かな》わぬ恋ってやつでして……」

「部屋住みの平九郎と恋仲……」

武家屋敷での色恋沙汰《いろこいざた》は、御法度とされていた。そして、法度を破ると手討ちにされる事もあった。

下女のおみなに惚れた平九郎は、梶原家を出て浪人となってでも己の思いを遂げようとした。

「平九郎、そこ迄、覚悟をしたのかい……」

「ええ。出入りの商人たちの間で噂になる程だったそうです」

鶴次郎は、小坂屋敷出入りの米屋や魚屋などに訊き廻った。そして、ようやく摑んだ情報だった。

「だが、そんな平九郎に入り婿の口が掛かったか……」

「ええ、兄上の平左衛門さまが探してきたそうです。それで、おみなは小坂家から暇を取って身を引き、姿を消したそうです」

おみなは平九郎の行く末を考えた。

浪人して下女と所帯を持つより、旗本家の入り婿になった方が良いのに決まっている。

おみなは平九郎を愛するが故、身を引いたのだ。

「平九郎の入り婿先、駿河台小川町の旗本梶原家だね」

「旦那、仰る通りですが……」

鶴次郎は怪訝《けげん》に半兵衛を窺った。

「うん。半次の探索で梶原平九郎って旗本が浮かんでね」

「そうでしたか……」

梶原平九郎は、おみなと行く末を誓った恋人、小坂平九郎だった。

昔の恋人……。

いや、おみなは今でも平九郎を密かに想い続けているのかも知れない。

半兵衛は、おみなが平九郎を庇う理由がようやく分かった。

「ですが旦那、その平九郎って野郎、何を血迷って辻斬りなんかし始めたんですかね。おみなが身を引いてくれて、四百石取りの旗本の入り婿になれたってのに……」

「鶴次郎、人の幸せは様々だ。平九郎は入り婿になっても幸せじゃあなかったんだよ」

半兵衛は冷えた茶を飲んだ。冷えた茶は妙に苦かった。

荷船の着いた神楽坂の荷揚場は、荷降ろしの人足たちで活気に満ち溢れていた。

昼食時、飯屋の『花や』は人足たちで賑わっていた。

老下男の富吉は、物蔭に潜んで『花や』の様子を窺っていた。網代笠の武士は、神田川に架かる牛込御門橋の橋詰に佇み、富吉を見守っていた。そして、半次は荷揚場の片隅から二人を監視していた。

「あら、半次さんじゃない」

振り向いた半次の前に、鎌倉河岸で小さな飲み屋を営んでいるお夕がいた。

「なんだ、お夕さんか……」

「何してんの、張り込み」

お夕は興味津々《しんしん》に半次の視線の先を追い、物蔭にいる老下男の富吉に気が付いた。

「例の辻斬りに関わりがあるの」

「お夕さん、神楽坂で何してんだい」

半次は話の方向を変えた。

「昔、お父っつぁんがお世話になったお店の旦那が還暦でね。お祝いを届けにきたのよ」

半次は、お夕の亡き父親の辰造が、市ヶ谷や牛込を縄張りとする岡っ引だったのを思い出した。

お夕は、半次が富吉の他に網代笠を被った侍も気にしているのを知った。

「一人で二人を見張るなんて無理よ。私、手伝ってあげる」

「そいつは拙《まず》い。お夕さんを危ない目に遭わせちゃあ、俺は半兵衛の旦那に大目玉だよ」

「大丈夫、大丈夫……」

お夕は楽しげに笑い、半次の横に身を潜めた。

昼食時が終わり、人足たちは荷揚場に戻って再び仕事を始めた。『花や』の賑わいは一段落し、静けさを取り戻した。おみなは店内を片付け、表の掃除を始めた。

富吉が動いた。

半次は緊張した。

富吉は今にも泣き出しそうな顔をし、懐に手を入れておみなに足早に向かった。
半次は不吉な予感に襲われ、素早く動いた。
お夕が驚いた。
富吉は、おみなに向かって真っ直ぐ突き進んだ。
掃除をしていたおみなは、近付いてくる富吉を怪訝に見た。
「富吉さん……」
おみなは近付いてくる老爺が富吉だと気付き、顔をほころばせた。
富吉は小坂家の下女時代、何かと優しくしてくれた懐かしい下男だった。
次の瞬間、富吉は懐から匕首《あいくち》を抜いた。
おみなは匕首の煌めきに驚き、立ち竦んだ。
富吉は匕首を構えて進んだ。
平九郎さまをお救いするには、おみなに死んで貰うしかないのだ。
「すまない、おみな……」
富吉は叫び、おみなに突っ込んだ。
立ち竦んだおみなの顔が、恐怖に激しく歪《ゆが》んだ。

富吉の匕首が煌めいた。刹那、半次が横手から富吉に飛びついた。

「止めろ」

半次の叫び声が響いた。

おみなは我に返り、荷揚人足たちも事態に気付いた。

半次は富吉の匕首を叩き落とし、その場に押さえつけた。荷揚人足たちが集まり、半次と富吉を取り囲んだ。

富吉は抗《あらが》った。平九郎を救う為、おみなの口を封じようと必死に抗った。だが、老いた富吉が、半次に敵う筈はなかった。

半次は素早く富吉に縄を打った。駆け付けた自身番の番人たちが富吉を引き立て、荷揚人足たちは仕事に戻った。そして、現場に残ったのは、半次と『花や』の亭主の蓑吉だけだった。

おみな……。

おみなはいなかった。

半次は慌てて牛込御門橋の橋詰を見た。そこに、梶原平九郎と思われる網代笠の武士はいなかった。

しまった……。

半次はうろたえた。そして、お夕もいないのに気が付いた。

お夕さん……。

半次は焦った。

「半次……」

半兵衛と鶴次郎が、牛込御門からやって来た。


お夕は神楽坂を上がっていた。

視線の先には、縺《もつ》れ合うように行くおみなと網代笠の武士がいた。

半次が富吉を捕らえようとしていた時、おみなは荷揚人足たちに輪の外に押し出されてしまった。押し出されたおみなの前に、網代笠を被った平九郎が現れた。

「平九郎さま……」

おみなは驚いた。

「おみな、一緒に来てくれ」

平九郎はおみなの腕を摑み、神楽坂に向かった。おみなは僅かに抗った。だが、すぐに抗いを止め、黙って従った。それは、騒ぎ立てた時、平九郎の身に起こる事態を恐れての事だった。事態を見守っていたお夕が、密かに二人を追った。

平九郎とおみなは、神楽坂から続く通寺町《とおりてらまち》に並ぶ寺の奥に向かった。

お夕は胸を高鳴らせ、慎重に尾行した。


半兵衛は半次の報告を受け、事態を読んだ。

「半次、その網代笠の侍は梶原平九郎で、おみなを連れ去った。そいつをお夕が見ていて後を追ったんだろう」

「じゃあ……」

「うん。富吉は私が引き受けた。鶴次郎とお夕たちをさがしてくれ」

「承知しました」

半次と鶴次郎が、自身番を飛び出して行った。

半兵衛は、自身番の奥にある三畳の板の間に入った。

板の間には、縛られた富吉が、見張りの番人と一緒にいた。

富吉は、疲れ果てた様子で座り込んでいた。

「御苦労さん。もういいよ……」

「へい」

見張りの任を解かれた番人は、安心したように板の間を出て行った。

半兵衛は富吉の縛めを解いた。富吉は吐息を洩らし、微かに緊張を解いた。

「どうして、おみなの命を狙った」

富吉は半兵衛を見上げた。そして、深い皺《しわ》の刻まれた年老いた顔を背けた。

「旗本梶原家の下男の富吉だね」

富吉は狼狽した。

「四ッ谷の小坂家から梶原家に入り婿した平九郎に、ずっと付いているのかい」

富吉の狼狽は膨れあがった。

「それで、平九郎が辻斬りだと証言される前に、おみなの口を封じようとした。そうだな」

富吉は何もかも知っている半兵衛に驚き、黙って俯《うつむ》いた。

「平九郎のいいつけかい」

「違います。儂が勝手にした事です」

富吉が初めて口を利いた。それは、主である梶原平九郎が、辻斬りだと認める事に他ならなかった。

「本当かい……」

「へい。本当です」

富吉は縋る眼差しを半兵衛に向けた。子供の時から世話をしてきた平九郎を、何とか助けてやりたい。

富吉の眼差しはそう訴えていた。

「だったら平九郎、今、何処にいる」

「お屋敷にいらっしゃいます」

「間違いないね」

「はい……」

富吉は知らなかった。

平九郎が、富吉を尾行して来た事、そしておみなを連れ去った事。富吉は何も知らなかった。

「富吉、平九郎は何故、辻斬りなんて血迷った真似をしたんだい。おみなが身を引き、梶原家の入り婿になって五年も経つのに……」

半兵衛は眉を顰め、吐息混じりに尋ねた。

「旦那……」

「富吉、私たち町奉行所の同心はね、梶原平九郎を辻斬りとして捕まえればいいだけでね。何故、辻斬りをしたかなんてどうだっていいんだ。だが、梶原平九郎はどうにも気になってね」

富吉はすすり泣きを洩らした。

「平九郎だって根っからの人殺しじゃあない筈だ。それなりの理由があって辻斬りをしちまったんだろう。そいつをきちんと知っている者がいなきゃあ、平九郎は極悪非道な辻斬り、只の人殺し……」

「旦那……」

「身内同然のお前の他に、誰かが平九郎の本当の気持ちを知っていてやらなきゃあ、余りにも憐れじゃあないかな」

「平九郎さまは、浪人されておみなと一緒になった方が幸せだったんです……」

富吉は両手で顔を覆《おお》い、激しく嗚咽《おえつ》を洩らした。

平九郎を凶行に駆り立てた理由は、梶原家にある……。

半兵衛は微かな憐れみを覚えた。

善要寺の納屋は、通寺町の往来から奥に入った墓地の片隅にあった。

平九郎は、おみなを納屋に連れ込んだ。
追って来たお夕は、木立の蔭に潜み、それを見届けた。
納屋の窓が開き、平九郎が顔を覗かせた。
お夕は慌てて木蔭に隠れた。
平九郎は窓から外を窺い、追手の有無を確かめていた。
お夕は、半次に報せる手立てを考えた。
窓から外を見ている平九郎の横顔は、疲れ果て憔悴《しょうすい》し切っていた。
五年前、梶原家の入り婿になる事が決まり、おみなに背を向けた時の顔と同じだった。
五年の歳月は、平九郎にとって決して幸せなものではなかったようだ。
おみなに仄《ほの》かな憐れみが湧いた。
追手はいない……。
平九郎は窓辺を離れた。
おみなは平九郎を見詰め、黙って佇んでいた。
「しばらくだったな、おみな……」

「はい……」

「幸せか……」

「はい……」

おみなは平九郎を見詰め、しっかりと頷いた。

二人の間に沈黙が流れ、窓の外では梢《こずえ》が風に鳴った。

「……良かったな」

平九郎は沈黙に耐えられなかった。

「私はお前を裏切り、罰《ばち》が当たったようだ」

平九郎は己を蔑《さげす》み、嘲笑った。

惨めな笑みを浮かべた男は、おみなが知っている平九郎ではなかった。

おみなの知っている平九郎は、快活さと明るさに溢れていた。だが、部屋住みの惨めさを忘れさせていた快活さと明るさは、既に失われて何処にもなかった。

おみが平九郎に抱いた仄かな憐れみは、確かなものになっていった。

「平九郎さま、私が死ねば幸せになれるのですか……」

おみなはいきなり尋ねた。気負いも哀しみもなく、淡々と尋ねた。

「おみな……」

平九郎は少なからず狼狽した。

「どうなんです……」

おみなは、平九郎に優しく微笑み掛けた。人妻の美しさと余裕の溢れた微笑みだった。

「おみな……」

平九郎は、おみなを思わず抱き締めた。

おみなは抗いもせず、抱き締められた。髪が揺れ、僅かに乱れた。


お夕は善要寺の墓地を抜け、通寺町の往来に出た。

「おう、お夕坊じゃあないか」

初老の男が声を掛けて来た。

「あっ、小父さん……」

お夕は思わず初老の男に抱きついた。

「血相を変えて、どうした」

初老の男は、柳橋の弥平次だった。

弥平次とお夕の死んだ父親の辰造は、兄弟分の盃を交わした岡っ引仲間だった。

「小父さん、大変なんですよ」

お夕は事の次第を弥平次に報せた。弥平次の後ろにいた薄汚い托鉢坊主が、身を乗り出して聞き耳を立てた。


富吉は何もかも話した。

半兵衛は平九郎を憐れみ、梶原家の仕打ちに憤りを覚えた。だが、だからといって辻斬りが許される筈はない。

半兵衛は平九郎の始末を考えた。

捕らえられれば、良くて切腹、悪くて打首獄門。仮に抵抗して斬り死にしたところで辻斬りである限り、梶原家は取り潰しとなって断絶する。そして、実家の小坂家にもお咎《とが》めがあるのは間違いない。

何もかも手遅れなのだ……。

半兵衛は暗澹《あんたん》たる思いに駆られた。

「白縫さま……」

自身番の番人が、板戸越しに声を掛けてきた。

「なんだい」

「柳橋の親分さんの身内の方がお見えにございます」

半兵衛は板戸を開けた。

托鉢坊主の雲海坊が、自身番の戸口の向こうにいた。


善要寺の納屋は静まり返っていた。

半兵衛は、木蔭に潜む弥平次とお夕に合流した。

「旦那……」

「面倒掛けるね、親分」

「とんでもございません。偶々《たまたま》通り掛かったものでして……」

「お夕、御苦労だった」

「はい」

「で、親分、どんな様子だい」

「おみなさんとやらは、どうやら無事のようですよ」

「そいつは良かった」

その時、坊主が墓参りの町人を納屋の裏手にある墓に案内して行った。雲海坊と半次だった。二人は納屋の裏手に張り込んだ。おそらく鶴次郎も何処かに潜み、納屋を見張っている筈だ。

「さあて、どうするかな」

「ここはお寺社の支配、出来るだけ早い始末がいいでしょうね」

寺は寺社奉行の支配地であり、町奉行所の同心や岡っ引の手の及ぶところではない。だが、捕物の流れや緊急の場合、寺が眼を瞑《つぶ》る事もある。

「うん。私もそう思う。よし、親分、ちょいと騒ぎ立ててくれ」

半兵衛は平九郎の注意を逸らし、その隙に納屋に踏み込んでおみなを助けるつもりだった。

「承知しました」

弥平次は呼子笛を出した。

半兵衛はゆっくりと納屋に忍び寄った。

小さな池があり、畔に半化粧の白い葉が揺れていた。

半化粧……。

半兵衛は息を整えて、弥平次に合図をした。

呼子笛の甲高い音が響いた。

平九郎はおみなから離れ、慌てて窓辺に寄った。おみなは素早く身繕いをし、平九郎に寄り添った。次の瞬間、戸を蹴破って半兵衛が飛び込んで来た。

平九郎は、振り向きざまの抜き打ちを半兵衛に浴びせた。刹那、おみなが平九郎の脇差を抜き取った。

半兵衛は平九郎の抜き打ちを転がって躱し、田宮流抜刀術《たみやりゅうばっとうじゅつ》の一撃を放とうとした。だが、平九郎の眼差しは、力なく虚空に漂っていた。そして、髪を乱したおみなの顔が、平九郎の背後に見えた。おみなは泣いていた。声をあげず、涙だけを零していた。

最早《もはや》、斬るしかない……。

半兵衛は咄嗟に判断し、居合い抜きの一撃を平九郎に放った。一撃は蒼白い閃光となり、平九郎の腹を深々と斬った。

「おみな……」

平九郎は僅かに微笑み、両膝を落として前のめりに倒れて絶命した。その背中には、脇差が突き刺さっていた。

「平九郎さま……」

おみなは泣いた。

平九郎の遺体に縋って泣いた。

おみなは平九郎を背後から刺し、我が手で殺そうとした。そこには、平九郎に対する秘めた愛と優しさがあった。

半兵衛は平九郎の背から脇差を抜き、懐紙で拭いを掛けた。

「おみな、お前が見た通り、梶原平九郎は私が斬った。いいね」

「白縫さま……」

「お前は、辻斬りに口封じで殺されそうになった。それだけだ」

「それだけ……」

おみなは意外な面持ちで半兵衛を見た。

「うん。それだけだよ」

半兵衛は、拭いを掛けた脇差を平九郎の腰の鞘に戻した。

「半兵衛の旦那……」

弥平次が、お夕と半次たちを従えて入って来た。

「お夕、おみなを頼む。皆、辻斬りの梶原平九郎は手向かったので私が斬ったよ」

「お役目、御苦労さまでした。では、あっしたちはこれで、雲海坊」

「へい」

弥平次は雲海坊を従えて帰っていった。

「半次、鶴次郎、死体を大番屋に運んでくれ」

「はい……」

半次と鶴次郎は戸を外し、平九郎の死体を乗せた。その時、鶴次郎は平九郎の背中の傷に眼を見張った。

「旦那、背中に……」

「鶴次郎、この世には私たちが知らん顔をした方が良いこともあるのさ」

半兵衛は淋しげに笑った。


半兵衛は、駿河台小川町の旗本四百石梶原家を訪れた。

平九郎の義父梶原仁左衛門は、半兵衛を庭先で四半刻ほど待たせて現れた。

「北町の同心が何用だ」

濡縁《ぬれえん》に現れた仁左衛門は、待たせたのを詫びもしなかった。

半兵衛は腹を決めた。

「御当主梶原平九郎さま。先刻、神楽坂通寺町においてお亡くなりになりまして
ございます」

仁左衛門の顔に戸惑いが浮かんだ。

「その方、何と申した」

「平九郎さま、お亡くなりになられたと申しあげました」

「黙れ、馬鹿な偽りを申すな」

仁左衛門は額に青筋を立て、摑み掛からんばかりに半兵衛に怒鳴った。

「偽りではございません。私が確かに斬り棄てました」

「おのれが……」

仁左衛門の声はかすれ、引《ひ》き攣《つ》った。

「左様、梶原平九郎さま、過日、鎌倉河岸及び柳原通りにおいて辻斬りを働き、
無辜《むこ》の町人二人を手に掛けましてね」

仁左衛門は言葉を失い、目を血走らせて震え出した。

「詳しい事情をお尋ねしようと致しましたら、いきなり抜刀してのお手向かい、
やむなく打ち果たしました」

「まことか、まこと平九郎が辻斬りを働いたと申すか」

「はい。御遺体は只今、北町奉行所与力の検死を受けており、終わり次第、評定所に届けられる事になると存じます」

「ならぬ。たかが町人二人を斬ったところで何ほどの事がある。評定所に届けてはならぬ」

評定所に届けられ、辻斬りが公になれば梶原家は取り潰しを免れない。仁左衛門は慌てて叫んだ。

半兵衛は、仁左衛門の傲慢《ごうまん》さと身勝手さを思い知らされた。

「梶原さま、平九郎さまが辻斬りを働いた理由、お分かりになりますか」

「分からぬ。おのれ、平九郎、部屋住みの身から婿に迎えられた恩を忘れ、仇《あだ》をなすとは許せぬ愚か者」

仁左衛門は平九郎を罵倒《ばとう》した。

「そうですか、お分かりになりませぬか……」

老下男の富吉が訴えたように、平九郎は梶原家を存続させる役目でしかなかったのだ。

これ迄だ……。

半兵衛は、梶原家を存続させる必要を感じなかった。

「では、これにて……」

「ま、待て」

仁左衛門は悲鳴のように叫んだ。

「何か……」

「その方、どうあっても評定所に届けるのか」

「梶原さま、二人の町人が罪もなく無残に斬り殺されているのです。罪は償わなければなりません」

半兵衛は淡々と告げ、庭先の木戸を潜って立ち去った。

「お取り潰し……」

仁左衛門は呆然と呟き、その眼差しは宙を彷徨《さまよ》った。赤ん坊の泣き声が、屋敷の奥から響き渡った。

辻斬りの一件は落着した。

梶原家は取り潰しとなり断絶し、平九郎の実家小坂家は減知されて閉門となった。

神楽坂荷揚場傍の飯屋『花や』は、荷揚人足たちで相変わらず賑わっていた。

おみなと蓑吉は忙しく働き、何も変わりはなかった。

あの日の小半刻に及ぶおみなの失踪は、蓑吉以外誰も知らず話題にもならなかった。話題になっているのは、おみなが一段と美しくなった事だけだった。

半化粧の白い葉……。

おみなは、半化粧の葉のように色を変えたのかも知れない。

納屋に閉じこもった小半刻の間に、おみなと平九郎に何があったのか、半兵衛は知らない。

知る必要はない……。

半兵衛は、平九郎の辻斬り事件でのおみなの役割を不問に付し、〝知らぬ顔〟を決め込んだ。

おみなは旋風に遭い、僅かに髪を乱した。そして、乱れた髪はすぐに元に戻された。

世の中には、知らぬ顔をした方が良いことがある……。それだけの事なのだ。

半兵衛はそっと呟いた。

第二話　閻魔堂《えんまどう》

一

日本橋北内神田にお玉ヶ池《たまがいけ》がある。

お玉ヶ池は、桜木が多かったところから元の名を〝桜ヶ池〟といった。だが、池の畔《ほとり》の茶店にいた〝お玉〟という美女が、二人の男に惚《ほ》れられ、板挟みとなって桜ヶ池に身投げをした。以来、桜ヶ池は〝お玉ヶ池〟と呼ばれるようになったとされる。そのお玉ヶ池近く、松枝町《まつがえちょう》の片隅に小さな古い閻魔堂があった。

北町奉行所臨時廻り同心の白縫半兵衛《しらぬいはんべえ》は、十五年前に死んだ妻の実家の法事に赴《おもむ》き、八丁堀組屋敷への帰り道を急いでいた。

下谷から神田川に差し掛かった頃、暮れ六つ（午後六時）の鐘が鳴った。

半兵衛は和泉橋《いずみばし》を渡り、夕暮れのお玉ヶ池の傍を通り抜けようとした。

男の悲鳴があがった。

半兵衛は、悲鳴のした池の畔に走った。

着流しの侍が、行商人の男を殴って蹴飛ばしていた。傍らには行商の荷物が落ち、様々な小間物が散乱していた。行商人は懸命に許しを請うていた。だが、着流しの侍は、容赦なく暴行を続けた。

「お待ちなさい」

半兵衛が止めに入った。

着流しの侍が振り返った。野良犬のように険しい眼差しだった。

「そいつ、一体何をしたんです」

半兵衛は静かに尋ねた。

「ふん。不浄役人には関わりのねえ事だ」

着流しの侍は、半兵衛を町奉行所同心と知りながら不敵に笑った。

「お役人さま、あっしは何もしちゃあいません。すれ違っただけです」

「煩《うる》せえ」

着流しの侍は、半兵衛に訴える行商人を蹴飛ばした。行商人は悲鳴をあげて仰《の》け反《ぞ》った。

「止めるんだ」

半兵衛は思わず行商人を後ろ手に庇《かば》った。

「……邪魔するか」

「そいつは、そっちの出方次第……」

半兵衛は十手を構えた。

「ふん。あいにくだが俺は浪人じゃあねえ」

着流しの侍は嘲笑を浮かべた。

「これでも立派な直参、御家人よ。残念だが不浄役人の世話にはならねえよ」

着流しの侍は唾を吐き、悠然と立ち去って行った。

「大丈夫か……」

半兵衛は行商人を助け起こした。

「へい。ありがとうございます。お蔭で助かりました」

小間物の行商人は、血と泥にまみれた顔で半兵衛に礼を述べた。

「本当にすれ違っただけなのか」

「へい。そして、手前の顔が気に入らないと云っていきなり……」

「顔が気に入らないだと、なんだそりゃあ」

半兵衛は驚き、呆れた。

「外道《げどう》の清十郎《せいじゆうろう》の腹ん中なんて分かりませんよ」

「外道の清十郎……」

「へい。お玉ヶ池の向こうの御組屋敷に住んでいる島田《しまだ》清十郎って御家人でしてね。何だかんだと因縁《いんねん》をつけて乱暴した挙句《あげく》、金を巻き上げる界隈の嫌われ者なんですよ」

「金を巻き上げるのかい」

「ええ、流石《さすが》に旦那の前では金を寄越せとは云いませんでしたけど……」

行商人は散らばった小間物を集め、荷物をまとめ始めた。

夕暮れの風が吹き抜け、お玉ヶ池の水面に小波《さざなみ》を走らせた。


岡っ引の半次が、半兵衛の組屋敷に来たのは辰《たつ》の刻五つ半（午前九時）だった。

半兵衛は、昨日の出来事を半次に話して聞かせた。

「外道の清十郎ですか……」

「うん。島田清十郎って御家人でね。乱暴狼藉《ろうぜき》に強請《ゆす》りにたかり、お玉ヶ池界隈の鼻つまみだそうだ」

「酷い野郎ですね」

半次は呆れ返り、そして怒りを浮かべた。

「うん。様子から見ておそらく無役。暇に飽かしての悪行三昧《あくぎょうざんまい》ってところだろう。ちょいと調べてみてくれ」

「承知しました」

半次は気軽に飛び出して行った。

与力や同心が、町奉行所に出仕する時間は巳《み》の刻四つ（午前十時）。半兵衛は羽織を巻き、のんびりと組屋敷を出た。

お玉ヶ池は日差しを浴び、美しく煌《きら》めいていた。

おかよは岸辺に履物を脱ぎ、ゆっくりと池に入った。水の冷たさは感じなかった。

おかよは、思いつめた顔を涙で濡らし、哀しみと悔しさにまみれて水の中を進んだ。

水の中とはいえ、足は軽く容易に進んだ。

お玉さんが呼んでいる……。

おかよは、お玉ヶ池の言い伝えを思い出して先を急いだ。池の水が喉元を過ぎ、口に迫った。次第に身体が浮き、気が遠くなった。刹那《せつな》、おかよの身体は、背後に大きく引き寄せられた。

半次は胸元まで水に浸かり、懸命におかよを抱き寄せて岸辺に戻ろうとした。

「放して、放して下さい」

おかよは半狂乱で叫び、激しく抗《あらが》った。

半次は、必死におかよを岸に引きずりあげた。おかよはぐったりと倒れこんだ。

半次は喉を鳴らし、全身で息をついた。

「お嬢さま……」

お店《たな》の手代と丁稚《でっち》たちが、血相を変えて駆け寄ってきた。お玉ヶ池で死のうとした娘は、酒問屋『三河屋《みかわや》』の一人娘おかよだった。

手代と丁稚たちは、いつの間にか姿を消したおかよを捜し廻っていたのだ。

半次と手代はおかよを『三河屋』に運び、丁稚が医者を呼びに走った。

おかよは助かった。

酒問屋『三河屋』の主《あるじ》・善三郎は、一人娘おかよの命の恩人として半次に深く頭を下げた。

半次は濡れた着物を善三郎のものと着換え、振舞われた酒で身体を温めていた。

「いいえ、あっしは偶々《たまたま》通り掛かっただけでして、それにしても旦那、お嬢さん、どうしてお玉ケ池に……」

「半次さん、それは……」

善三郎は顔を歪《ゆが》め、哀しげに言葉を濁した。

半次は、おかよの入水《じゅすい》の裏にきな臭いものを敏感に感じた。

「旦那、もし何か困った事があるなら……」

半次は懐の十手をちらりと見せた。

「半次さん……」

善三郎は僅かに怯《ひる》み、身構えた。

「あっしは北町の臨時廻り同心、白縫半兵衛さまに手札を貰っている岡っ引でしてね。何かお役に立てれば……」

半次は茶碗酒を置き、膝を揃えた。そこには、半次の誠実さと正義感が溢れていた。

「半次さん、実は……」

善三郎は身構えを解いた。そして、善三郎の口から島田清十郎の名前が出た。

御家人島田清十郎……。

おかよは数日前、島田清十郎に手込めにされたのだ。

おかよはそれを悲観し、お玉ケ池で入水自殺を企てたのだった。

「島田清十郎ですか……」

半次は吐き棄てた。

「ご存じなのですか、半次さん」

善三郎は怪訝《けげん》な眼を向けた。

「はい。あっしの旦那の白縫さまが、放って置けない野郎だと仰《おっしゃ》いましてね。今日、こっちに来たのは、島田の悪行を調べる為なのです」

「そうでしたか……」

「旦那、島田の野郎の悪行、知っているだけ教えて下さい」

半次は身を乗り出した。

赤提灯《あかちょうちん》は風に揺れ、灯りを瞬かせていた。

飲み屋『お多福《たふく》』の店内からは、客たちの楽しげな声が溢れ出ていた。

半兵衛は羽織を脱ぎ捨て、浪人を装って飲み屋『お多福』に入った。

居合わせた三人の客が振り返り、微かに眉を顰《ひそ》めた。それは、一見《いちげん》の客が侍だと知っての警戒だった。

「いらっしゃい……」

中年の女将《おかみ》が半兵衛を迎えた。

「酒、貰おうか……」

「うちは飲み屋。売り物は酒しかありませんよ」

女将は無愛想に言い放った。三人の客は怯《おび》えを浮かべ、素早く女将と半兵衛を見比べた。

「違いねえ……」

半兵衛は明るく笑った。

三人の客はほっとしたように酒を飲み、再び喋り始めた。

女将が半兵衛に湯呑茶碗を差し出し、ちろりの酒を注いだ。半兵衛は喉を鳴らした。

「私はお紺《こん》、旦那は……」

「私か、私は半兵衛だ」

「半兵衛の旦那ですか」

「うん」

半兵衛は湯呑茶碗の酒を啜《すす》った。

「美味《うま》いねえ……」

半兵衛は嬉しそうに笑った。

三人の客は常連であり、姿と話の内容から大工に錺《かざり》職人、お店の番頭のようだった。

三人の常連客は楽しげに酒を飲み、半兵衛を拘《こだわ》りなく話の輪に加えてくれた。

大工は千太《せんた》、錺職人は平助《へいすけ》、そして番頭は安吉《やすきち》という名前だった。

皆、一日の仕事を終え、酒と世間話を楽しんでいる。

半兵衛は微笑《ほほえ》んだ。

小半刻が過ぎた頃、腰高障子を鳴らして植木職人が鼻血を流して転げ込んできた。

「どうしたんだい、長さん」

お紺が倒れ込んだ植木職人の長次《ちょうじ》に駆け寄り、抱き起こした。

「外道だ。外道にやられた……」

長次は顔を歪め、悔しげに手拭で鼻血を拭った。

外道……。

御家人島田清十郎の事だ。植木職人の長次は、島田清十郎に乱暴されたのだ。

「野郎、うろついていやがるのか」

千太と平助が、恐ろしげに顔を見合わせた。

半兵衛は戸口から外を覗いた。外には風が僅かに吹いているだけで人影は見えなかった。

「外道ってのは誰だい」

半兵衛は知らぬふりをした。

「島田清十郎ってろくでなしの御家人ですよ」

お紺が吐き棄てた。

「その島田にどうしてやられたんだい」

「旦那、閻魔堂を叩き壊そうって罰《ばち》当たりに訳なんかありゃあしませんよ。ねえ」

「ああ。あっしはすれ違った時の面が気にいらねえって、いきなり殴られましたよ」

行商人の時と同じだった。

「酷い奴だな」

「ええ、だから外道なんですよ。あっしなんか、ようやく造った御贔屓《ごひいき》さま注文の根付を無理矢理に取られちまった」

錺職人の平助が悔しげに呻いた。

「俺だって因縁を付けられて殴られ蹴られ、挙句の果てに貰ったばかりの給金、巻き上げられたんだ」

千太の声が震えていた。そして、番頭の安吉は唇を噛むだけで、悔しさに震えていた。おそらく安吉も、島田清十郎に酷い目に遭っているのだ。

「皆、役人に訴え出たのか」

「旦那、島田は外道でも公方さま直参の御家人、町奉行所は手出しできねえんですよ」

千太が怒りを滲《にじ》ませた。

「そうだったな……」

直参旗本や御家人は町奉行所の支配外であり、目付《めつけ》・徒目付《かち》の管轄であった。

半兵衛は己の迂闊《うかつ》さを恥じた。

「それに町方の役人だって御家人。所詮《しょせん》、同じ穴の狢《むじな》。頼りにする方が間抜けですよ」

お紺は嘲笑《あざわら》った。

「成る程、で、長次、その外道に何処《どこ》でやられたんだ」

「へい。この先の閻魔堂の前で……」

「閻魔堂……」

「へい。外道、閻魔堂の前でうろうろしていやがって……」

「よし。お紺、酒代だ」

半兵衛は一分金を置いた。

「ちょいと閻魔堂に行ってみるよ」

「旦那、行くのはいいけど、酒代、多過ぎますよ」

「お紺、釣りは次に来た時の分だ」

半兵衛は『お多福』を出た。

閻魔堂は、飲み屋『お多福』を出て半丁ほど行ったところにあった。

古い小さな閻魔堂の前には、島田清十郎は勿論《もちろん》、誰もいなかった。半兵衛は、狭い境内《けいだい》や閻魔堂の中も覗いた。

暗い堂内には、閻魔が憤怒の眼を剝《む》いていた。半兵衛は手を合わせ、暗い堂内を窺《うかが》った。だが、何処にも人の気配はなかった。半兵衛は閻魔堂を出て扉を閉めた。扉は島田に壊された後、直したらしく真新しかった。

半兵衛は閻魔堂の周りを見廻し、誰もいなくて変わった事がないのを確認した。そして、遠くに見える『お多福』の赤提灯を背にし、八丁堀の組屋敷に向かった。亥《い》の刻四つ（午後十時）、町木戸の閉まる時刻だった。


雨戸がそっと叩かれた。

まだ夜は明けきっていない。半兵衛は、雨戸の隙間から差し込む明かりの強さで時刻を読んだ。

「半次かい……」

半兵衛は、雨戸の叩き方で半次だと知った。

「はい」

半兵衛は蒲団から出て雨戸を開けた。

庭先に半次がいた。

「どうした」

「お玉ケ池近くの閻魔堂で、島田清十郎が殺されているそうです」

半次は複雑な面持ちだった。

「何だと」

半兵衛は驚き、素早く出掛ける仕度をした。


半兵衛と半次が閻魔堂に着いた頃、辺りは薄明るくなっていた。

島田清十郎は、閻魔堂の狭い境内で殺されていた。

島田は頭を割られ、その顔は血にまみれていた。半兵衛は島田の着物を捲《まく》って見た。腕や脚、腹や胸、全身に打撲の痕《あと》があった。

「旦那……」

半次が折れた天秤棒《てんびんぼう》を見せた。天秤棒の折れ口は古く、その先には血が僅かに付着していた。

「こいつで袋叩きか……」

「はい」

下手人《げしゅにん》は、折れた天秤棒で島田を執拗《しつよう》に殴り、死に至らしめたのだ。そこには、深い恨みが窺われた。

死体は、寅《とら》の刻七つ（午前四時）に木戸番によって見つけられている。昨夜、半兵衛が訪れ、何処にも異常がないのを見届けたのが亥の刻四つ。島田清十郎は、その間に何者かに撲殺された。

外道の島田清十郎が殺された……。

情報は既にお玉ヶ池一帯に広まっていた。

近くに住む者たちが集まり、眉を顰めて囁《ささや》き合っている。その中には、薄笑いを浮かべている者が何人かいた。笑っている者は、おそらく島田清十郎に暴行された事のある者なのだ。半兵衛は集まっている者たちを見廻した。

笑っている者の中に下手人がいるかもしれない……。

その時、半兵衛は背中に視線を感じ、振り向いた。『お多福』の女将お紺がいた。

「やあ……」

半次は微笑み掛けた。

お紺は視線を逸らし、足早に『お多福』に戻っていった。

町奉行所の同心なのを隠し、何かを調べようとしている……。

お紺はそう思ったのかも知れない。

半兵衛は苦笑した。


島田清十郎は三十俵取りの御家人だった。

両親を亡くしている島田は、親類の者たちとも疎遠になっていた。そして、縁談を持ち込む者もいなく、三十歳を過ぎても独り身だった。誰にも相手にされない島田は荒《すさ》んだ。そして、弱い者に乱暴狼藉を働き始め、鼻つまみの外道と呼ばれるようになったのだ。

「恨みですかね」

「おそらくな……」

「恨んでいる者、一体何人いるのやら……」

半次は吐息を洩らした。

島田清十郎を殺したいほど恨んでいる者は、大勢いる筈だ。

半兵衛と半次は、島田清十郎の悪行を見たり聞いたりしているだけに複雑な思いに駆られた。

「どうします」

「なにが……」

「島田清十郎を殺した下手人です」

「下手人がどうした」

「探しますか」

「ま。そいつが私たちの役目だが、島田は直参の御家人。私たち町奉行所の支配違いだ」

「じゃあ……」

半次の顔が僅かに綻《ほころ》んだ。

半兵衛は苦笑した。

半次は、島田殺しの下手人を捕らえたくないのだ。

「だが、下手人が町方の者なら捕らえなければならない」

半兵衛は淡々と告げた。

「旦那……」

「そいつも私たちの役目だよ」

「ですが……」

「半次、どうするかは真相を突き止めてからだ」

半兵衛は微笑んだ。

北町奉行所与力大久保忠左衛門は、憮然《ぶぜん》とした面持ちで振り返った。

半兵衛に悪い予感が湧いた。

「お呼びにございますか」

「うむ。半兵衛、今日、島田清十郎と申す御家人が殺されてな」

「はあ……」

半兵衛は戸惑った。忠左衛門が、島田殺しを持ち出すとは思っていなかった。

「御家人は我ら町奉行所の支配の外ですが、それが何か……」

半兵衛は密かに動いているのを隠した。

「お目付の島田采女正《うねめのしょう》さまが、お奉行に探索を頼まれたそうだ」

忠左衛門が不服気に告げた。

「お目付の島田采女正さま……」

「殺された島田清十郎は一族の末、遠縁になるそうだ」

「一族の遠縁ですか……」

「うむ。故に配下の徒目付に調べさせるのは何かと不都合だと申されてな。お奉行のところに持ち込んできたそうだ」

「それはそれは、面倒な事にございますな」

半兵衛は先を読んで惚《とぼ》けた。

「他人事《ひとごと》のように申すな半兵衛。島田清十郎殺し、その方の扱いと致す」

「えっ」

「どうせ何も扱っていないのだろう」

「いえ、その……」

半兵衛は慌てた。

「勿体《もったい》つけるな半兵衛」

「ですが、支配違いの御家人殺し、どんな始末になるやら……」

「半兵衛、始末はどうなっても構わぬ。所詮、公に出来るものでもあるまい。どんな始末にしようが、その方の勝手」

「私の勝手にございますか」

「左様」

「ですが、お目付島田采女正さまが……」

「くどいぞ半兵衛、島田さまがぐずぐず云われた時には、儂《わし》がお奉行に談判してくれる」

「大久保さま」

半兵衛は居住まいを正した。

「なんだ……」

「島田清十郎殺し、どのような始末になろうが、まこと私の勝手で宜《よろ》しいのでございますな」

「左様、この儂に限って二言はない」

忠左衛門の声が苛立った。

これ迄《まで》だ……。

「ははっ。ならば島田殺しの始末、お任せ戴きます」

半兵衛は引き受け、忠左衛門の用部屋を後にした。

二

半兵衛は半次と鶴次郎を呼び、島田清十郎殺しを扱う事になったのを告げた。

「こう云っちゃあ何ですが旦那、あっしはどうにも気乗りがしません」

役者崩れの鶴次郎が眉を曇らせた。

「鶴次郎……」

半次が窘《たしな》めた。

「だがな半次、俺は世のため人のために、その島田清十郎の野郎、死んでよかったと思えてならねえんだ」

鶴次郎は正直だった。

「そりゃあ俺だって……」

半次は言葉を濁した。

「鶴次郎、半次、島田殺しの始末は私の勝手。どんな事になるかは、詳しく調べてみてからだよ」

半兵衛は微笑んだ。

「鶴次郎……」

半次は鶴次郎を窺った。

「分かった。で、旦那、あっしは何を調べますかい」

「島田清十郎の殺された日の足取り、半次と一緒に追ってくれ」

島田を殺したい程に恨んでいる者は、数限りなくいる。その者たちを洗い出し、一人ずつ調べるのは果て知れぬ手間暇が掛かる。半兵衛は、探索を島田清十郎自身に絞り込んだ。

「承知しました」

半次が返事をし、鶴次郎が頷《うなず》いた。

「私は閻魔堂界隈を詳しく調べてみる」

半兵衛は今夜、再びお紺が営む飲み屋『お多福』を訪れるつもりでいた。

飲み屋『お多福』の赤提灯は、風に揺れていた。

半兵衛は腰高障子を開け、店の中に入った。

「いらっしゃい……」

迎えるお紺の声が途切れた。

「やあ……」

お紺は固い面持ちで小さく会釈をした。

店に客はいなかった。

「静かだね、今夜は……」

「昨夜、あんな事がありましたから……」

「酒、貰おうか」

「いいんですか……」

「飲み屋で注文する物は、酒に決まっているよ」

半兵衛は微笑んだ。

「お客さん、同心の旦那だったんですね」

「うん。北町の臨時廻りだよ」

「お名前は……」

お紺は、湯呑茶碗にちろりの酒を満たしながら尋ねた。

「名前……」

「はい」

「昨夜、教えた筈だが、半兵衛だ。白縫半兵衛だよ」

半兵衛は苦笑し、酒を飲んだ。

「すみません……」

お紺は詫びた。

「いいよ。それよりお紺、昨夜、私が帰った後、島田は来たのか」

「いいえ、来やしませんよ……」

「来なかったか。で、千太や長次たちは……」

「旦那がお帰りになって小半刻が過ぎた頃、皆揃って帰りましたよ」

「それで……」

「私も店を閉めましたよ」

「そうか……」

「旦那、千太や長さんたちが、島田を殺したと思ってんですか」

「分からぬ。分からないから調べているんだよ」

「そうですか……」

「お紺、一杯どうだい……」

半兵衛はちろりを手に取り、酒を勧めた。

お紺は猪口《ちょこ》を差し出した。半兵衛は酒を満たしてやった。

「いただきます」

お紺は猪口の酒を飲み干した。

「旦那、私も島田には恨みがあるんですよ」

「お紺も……」

「ええ、殺したい程の恨みが……」

お紺は手酌で酒を注ぎ、飲み干した。

半兵衛はお紺を急かせず、次の言葉を待った。

「あれはもう三年も前になりますか、私には文吉《ぶんきち》って倅《せがれ》がおりましてね……」

お紺は静かに語り始めた。

「……亭主に先立たれ、女手一つで育てた一人息子、甘やかしちまったんですねえ。子供の頃に博奕《ばくち》を覚えて……」

「夢中になったのか……」

「ええ。そして、一人前に博奕打ちを気取って……」

お紺は、忘れたい昔を思い出すのを躊躇《ためら》わずにはいられなかった。

半兵衛は待った。

「……島田の奴と博奕で揉めて、斬り殺されちまったんですよ」

「島田に斬られた……」

「ええ……」

お紺は頷き、溢れる涙を隠すように酒を飲んだ。

お紺の一人息子の文吉は、島田清十郎に斬り殺されていた。殺された理由がどうであれ、お紺の島田に対する恨みは計り知れない程に深い。

「旦那……」

お紺の眼に酒の酔いが浮かび始めた。

「……島田を殺した下手人、私かもしれませんよ」

お紺は冷たく笑った。挑むような笑いだった。

「お紺、島田は折れた天秤棒で滅多打ちにされ、撲《なぐ》り殺されていた。女にはなかなか出来ない仕業だよ」

「普通の女にはそうかも知れない。でも、子供を殺された女は、鬼にも夜叉《やしゃ》にもなりますよ」

そう云い放ったお紺の顔は、凄絶な冷たさに覆《おお》われていた。

半兵衛はお紺の哀しみを知った。

時が過ぎた。『お多福』には、千太たち常連を始めとした客は来なかった。

半兵衛は湯呑茶碗の酒を飲み干し、腰掛から立ち上がった。

「お紺……」

「はい」

「馬鹿な事は云うもんじゃあない」

「旦那……」

半兵衛は『お多福』を後にした。

閻魔堂は『お多福』を半丁ほど行ったところにある。

半兵衛は閻魔堂に向かった。閻魔堂は月明かりに浮かび、狭い境内には一人の男が佇《たたず》んでいた。

半兵衛は闇を透かして男を見た。男は大工の千太だった。

千太は悄然《しょうぜん》と佇み、肩を小刻みに震わせていた。

泣いている……。

半兵衛は声を掛けるのを躊躇った。刹那《せつな》、千太は半兵衛の気配に気付き、怯えたように身を翻《ひるがえ》した。

千太は怯えていた……。

半兵衛は怪訝に見送った。千太は閻魔堂の前に佇み、泣いていた。それは、島田清十郎を撲殺した罪の意識に苛《さいな》まれての事なのか……。

半兵衛は、闇に向かう千太を見送った。千太は今にも転びそうな足取りで、闇の彼方に消え去った。


島田清十郎は殺された日、朝から神田松枝町の組屋敷を出掛けていた。

半次と鶴次郎は、島田清十郎の足取りを辿《たど》った。組屋敷を出た島田は、両国米沢町の呉服屋を訪れて店先に一刻ほど居座り、小判を一枚脅し取って引きあげていた。

「下手な強請りをしやがって……」

女客の多い呉服屋には、得体の知れぬ侍は邪魔者以外のなにものでもない。女客は島田を見て眉を顰めて囁き合い、早々に呉服屋を後にした。困り果てた呉服屋は、一枚の小判で解決したのだ。

「ああ、小汚ねえ悪党が……」

鶴次郎は吐き棄てた。

島田は呉服屋から金を強請った後、自分を見て慌てて隠れた行商人に乱暴狼藉を働いた。そして、浪人や遊び人の悪仲間と湯屋でとぐろを巻き、暮れ六つまで酒を飲んでいた。

「島田は日が暮れてから帰ったのかい」

「ええ。さんざん飲み食いして、まったく迷惑な奴でしてね。大きな声じゃあ云えませんが、殺されて清々しましたよ」

湯屋の主は、晴々とした笑顔を見せた。

島田清十郎が殺されて泣く者はいなく、喜ぶ者たちばかりだった。

島田の足取りは、湯屋を出てから途切れた。閻魔堂で『お多福』の常連客の長次を痛めつける迄、島田が何処で何をしていたのか不明だった。

酉《とり》の刻暮れ六つ（午後六時）から戌《いぬ》の刻五つ半（午後九時）過ぎ迄……。

その間の行動が、閻魔堂での殺しを招いたのかも知れない。

半次と鶴次郎は、島田清十郎の一刻半（三時間）の間の行動を追った。


千太は島田殺しに関わりがある……。

半兵衛はそう読んだ。そしてあの夜、千太と一緒に『お多福』にいた錺職の平助、植木職の長次、番頭の安吉の三人が気になった。

平助は長屋の自宅に籠もり、錺職の仕事に励んでいた。だが、幼い子供の遊ぶ声に苛立ち、女房を怒鳴りつけていた。その落ち着きのなさは、錺職という繊細な仕事を狂わせるばかりだった。平助は女房子供の泣き声に耐え切れずに家を飛び出し、どぶ川のような掘割の傍にしゃがみ込んで頭を抱えた。

植木職の長次は親方に任され、大店の寮の庭木の手入れに忙しかった。長次にしても植木鋏《ばさみ》の手がいつの間にか止まり、仕事は遅々として進まずにいた。そして、仕事が終わると一人暮らしの長屋に真っ直ぐ帰り、安酒に酔い潰れていた。

油問屋の二番番頭の安吉は、売掛金の集金に忙しく出歩いていた。

安吉が島田清十郎に何をされたのかは分からないが、恨んでいるのに間違いはなかった。

通いの番頭である安吉は、半年前に祝言をあげた新妻に見送られて油問屋に出勤していた。不思議な事に安吉と新妻との間には、新所帯の甘さと楽しさはあまり感じられなかった。その安吉が、集めた売掛金を落とすという失態を犯した。

二十余年もの奉公で初めての事だった。安吉は悄然と項垂《うなだ》れた。

千太、平助、長次、安吉の四人は、それぞれ何らかの悩みを抱えている……。

半兵衛は、四人の悩みの底に澱《よど》むものを知りたかった。

半次と鶴次郎は、島田清十郎が湯屋で一緒だった遊び人に目をつけた。遊び人の名前は寅蔵《とらぞう》。

女を食い物にし、博奕に現《うつつ》を抜かしている小悪党だった。その遊び人の寅蔵が、島田が空白の一刻半に何をしていたのか知っているのかもしれない。

半次と鶴次郎は、両国の盛り場に寅蔵を探す事にした。

両国広小路は、神田松枝町に一番近い盛り場であった。様々な茶屋や見世物小屋が軒を連ねる両国広小路は、江戸に出て来た諸藩の武士や地方の人たちで賑わっている。

半次と鶴次郎は手分けをして、寅蔵を探し廻った。

「おう、半次じゃあないか」

雑踏の中から半次を呼び止める者がいた。

岡っ引の柳橋の弥平次が、手先のしゃぼん玉売りの由松を従えていた。

「こりゃあ柳橋の親分さん」

柳橋は両国橋で合流する神田川に架かっている。弥平次はその柳橋の傍にある船宿『笹舟』の主だった。

「何をしているんだ」

「はい。ちょいと人を探しておりまして……」

「人探しかい」

「はい……」

柳橋の弥平次は老練な岡っ引であり、〝剃刀《かみそり》〟と渾名《あだな》される南町奉行所与力秋《あき》山久蔵《やまきゅうぞう》に深く信頼されていた。半次の旦那である半兵衛とも親しく、江戸の岡っ引たちの間でも一目置かれている存在だった。

「なんて奴だ」

「寅蔵って遊び人でして……」

「知っているかい、由松」

弥平次は、由松に尋ねた。

「聞いた事のある名前です。確か女のひもや博奕で食っている半端な野郎だとか……」

「そいつだ」

半次は身を乗り出した。

「由松、野郎、何処にいるか知っているか」

「いいえ。ですが、半次親分の睨《にら》み通り、この両国の何処かにいるのは間違いねえと思います」

「よし。由松、半次に手を貸してやりな」

「合点だ」

「親分……」

「半次、お互い様だ。遠慮は無用だよ」

「はい。ありがとうございます」

由松は弥平次の手先の一人だが、普段はしゃぼん玉売りを生業《なりわい》として江戸の町を歩き廻っていた。

半次は由松と両国の裏町に向かった。

弥平次は二人を見送り、柳橋の船宿『笹舟』に戻った。

「どうだ半兵衛……」

大久保忠左衛門が、半兵衛に探索情況を尋ねた。半兵衛は島田清十郎の人となりを説明した。

「そのような者だったのか」

忠左衛門は驚き、呆れ返った。

「はい。島田清十郎が殺されて、喜ぶ者はいても泣く者は只の一人としておりません」

忠左衛門は腕組みをし、こめかみに青筋を浮かべて唸った。

「ですから、探索も何かと面倒にございます」

「さもあろう……」

忠左衛門は半兵衛に理解を示し、大きく頷いて声を潜《ひそ》めた。

「半兵衛……」

「はい」

「お目付の島田采女正さまは、清十郎の人柄と評判を知っていたので目付扱いにせず、我らに押し付けたのかも知れぬな」

「おそらく……」

島田清十郎が殺された事実は既に隠しようがない。となれば、残るは清十郎の悪党振りだ。如何《いか》に疎遠であっても一族の末に連なる者が悪事を働いていれば、本家の当主である島田采女正はその責めを問われる恐れがある。そこで、島田采女正は事件を町奉行所に押し付け、評定所扱いになるのを躱《かわ》そうとしているのかも知れない。

「おのれ、汚い真似をしおって……」

忠左衛門は白髪頭を振るっていきり立った。

采女正たち一族の者たちが、親しく親類付き合いをしていれば島田清十郎は外道にならずにすんだのかもしれない。だが、島田清十郎も子供ではないのだ。僅かな扶持米《ふちまい》でも公儀に貰っている直参の御家人なら、どのような責めも自分で取らなくてはならない。

「半兵衛、ひょっとしたら島田采女正さまは、清十郎が殺したい程、邪魔だったのかもしれぬぞ」

忠左衛門は、まるで悪事を相談するかのように囁いた。

「では、大久保さまは清十郎を殺した下手人は、采女正さまだと……」

「勿論、本人が直に手を下したとは云わぬがな……」

忠左衛門は喉を鳴らし、大きく頷いた。

「そりゃあないでしょう」

半兵衛はあっさり否定した。

「な、何故だ……」

忠左衛門の白髪眉が逆立った。

「清十郎を殺し、わざわざ騒ぎを起こすとは思えませんし、もし殺《や》ったとしたなら死体は密かに片付けるでしょう。違いますかね」

忠左衛門は、半兵衛の冷静な指摘に不愉快さを満面に露わにした。

「そんな事は分かっておる。半兵衛、儂は裏の裏を読んでいるんだ」

「大久保さま、裏の裏は表にございます」

半兵衛は真面目に答えた。

「馬鹿、その又裏だ」

頑固さと意地が、年甲斐《としがい》もなく爆発した。

「それなら只の裏ですか……」

「おのれ、半兵衛……」

忠左衛門の首の皺《しわ》が激しく引《ひ》き攣《つ》った。

「御免」

半兵衛は慌てて用部屋を出た。

両国広小路の裏町には、幾ら取り締まっても湧いて出る様々な悪党が蠢《うごめ》いている。

半次と由松は、伝手《つて》を辿って寅蔵を探した。そして、寅蔵の情婦の一人を突き止め、その家に急いだ。

寅蔵の情婦お新《しん》の家は、両国広小路前米沢町の外れにある薬研堀《やげんぼり》の傍にあった。

お新の家には、駿河から出て来た茶問屋の旦那が下帯一本で震えていた。

寅蔵と真っ赤な襦袢姿《じゆばんすがた》のお新が、薄笑いを浮かべて旦那を見下ろしていた。

「旦那、他人の女房に手を出して十両で済ませようってのは、駿河じゃあいざ知らずこの江戸じゃあ通用しねえんだよ」

「幾らだ、幾ら出せば勘弁して貰えるんだ」

駿河から来た茶問屋の旦那は、両国見物に来てお新の美人局《つつもたせ》に遭った。

「さあて、幾らにするかな……」

寅蔵は嘲笑い、旦那を弄《もてあそ》んだ。

「一文も払う必要はないぜ」

寅蔵とお新は驚き、身構えた。

襖の蔭から半次が現れた。

「なんだ手前……」

寅蔵は、のっぺりした顔を精一杯怒らせた。

「寅蔵、訊きてえ事がある」

半次は十手を見せた。

次の瞬間、寅蔵はお新を半次に突き飛ばし、閉めてある雨戸に向かった。だが、雨戸は外から蹴倒された。寅蔵は怯み、仰け反った。飛び込んで来た由松が、寅蔵を猛然と蹴飛ばした。寅蔵はどっと倒れ込み、懐から匕首《あいくち》を抜いた。だが、半次の十手が、寅蔵の匕首を握る手を厳しく打ち据えた。

寅蔵は悲鳴をあげて匕首を落とした。半次は、続いて寅蔵の顔を十手で張り飛ばした。寅蔵の顔から血が飛び散り、お新の悲鳴があがった。

「寅蔵……」

半次と由松は寅蔵を押さえた。

寅蔵は怯えた眼差しを向けた。

「昨日、島田清十郎は湯屋を出た後、何処に何をしにいったか知っているか……」

半次は寅蔵の胸倉を鷲摑《わしづか》みにした。

三

船宿『笹舟』の納屋には、隅田川からの風が吹き抜けていた。

半次と由松は、寅蔵を『笹舟』の納屋に連れ込んでいた。

死んだ者に遠慮はいらない……。

寅蔵は何もかも喋った。

「あの日、島田の旦那、夜は不忍池《しのばずのいけ》の料理屋で金蔓《かねづる》に逢うと云っていましたぜ」

「金蔓だと……」

「へい」

「金蔓、何処の誰だ」

「さあ、何処の誰かは分からねえが、祝言の決まった娘を手込めにして、黙っていて欲しけりゃあ口止め料を出せって寸法ですぜ」

島田清十郎は湯屋を出た後、下谷不忍池の傍にある料理屋で金蔓と逢う手筈だった。その金蔓は、島田に弱味を造られ、金を脅し取られているのだ。

弱味を造って金を脅し取る……。

「心底汚ねえ野郎だぜ」

半次は、島田のあくどさに呆れ返った。

「半次の親分、この事件、いい加減にした方が良いんじゃありませんか」

由松は吐息を洩らした。

「汚ねえ悪党が殺された。自業自得、世の為人の為、めでてえ話ですよ」

由松は柏手《かしわで》を打たんばかりだった。

「そうもいかねえさ……」

半次は苦笑した。

弥平次は半次に事の顚末《てんまつ》を聞き、寅蔵とお新の美人局の扱いを引き受けてくれた。

「お手数かけます」

「なあに、両国で起きた美人局だ。折角の手柄だが、それどころじゃあないだろう」

「はい。じゃ、あっしは不忍池に参りますので、これでご無礼致します」

「ああ。ご苦労だね」

半次が『笹舟』を出ようとした時、船頭の伝八と鶴次郎が入って来た。

伝八たち手の空いていた船頭は、弥平次の命令で鶴次郎を探し廻っていた。そして、伝八が盛り場で鶴次郎を見つけ、半次が寅蔵を捕まえた事を報せたのだった。半次は弥平次の気配りに感謝し、鶴次郎と不忍池に急いだ。


神田松枝町お玉ヶ池界隈は、島田清十郎が殺されて以来、穏やかな日々が続いていた。

飲み屋『お多福』にも客が戻り、以前のような賑やかな夜が戻っていた。

半兵衛は三つ紋付きの黒羽織を脱ぎ、『お多福』を訪れた。

「羽織、どうしたんですか……」

お紺は眉を顰めた。

「今夜は只の客だよ」

半兵衛は酒を啜った。

お紺は半兵衛の気遣いを喜んだ。

「あれから千太たちは来たかい」

「旦那、それが一度も来ないんですよ」

お紺は心配していた。

「そうか……」

島田清十郎が殺された夜以来、千太、安吉、平助、長次の四人は、『お多福』で一緒に酒を飲んではいなくて、逢った形跡もなかった。

四人は怯えている……。

半兵衛は、怯えの原因に思いを巡らせた。

あの夜、四人は『お多福』の帰り、閻魔堂の前で清十郎殺しに出遭った。そして、清十郎を撲殺した下手人に脅された。

見た事を話せば殺す……。

それが、四人の怯えの原因なのかも知れない。

半兵衛は様々な原因を思い浮かべた。

いずれにしろ、千太たち四人に直に訊く時がきたようだった。

半兵衛は吐息を洩らした。

味噌汁の香りが漂っていた。

「美味《うま》そうな臭いですねえ」

房吉はそう云いながら半兵衛の髪を締めた。

頭の皮が、痛みと共に心地良く引き締められた。

「ああ……」

半兵衛は眼を瞑《つぶ》り、髪を房吉の手にゆだねていた。房吉は手際よく半兵衛の髷《まげ》を結っていた。

「旦那、房吉の兄い。朝飯の仕度が出来ましたぜ」

台所から半次が顔を出した。

飯に大根の味噌汁、そして鰺《あじ》の干物と大根の煮物が並んでいた。

「こいつは朝から豪勢だね」

半兵衛は驚いた。

「旦那、鰺の干物は房吉の兄いのお土産《みやげ》ですぜ」

「そいつはすまないね、房吉」

「とんでもねえ。年端もいかねえ姉弟が、売れ残って泣いていましてね。つい……」

房吉は照れたように笑った。

三人は箸を取り、朝飯を食べた。

「美味い……」

半兵衛と房吉は、半次の料理の腕を誉めた。

「じゃあ旦那、あっしはこれで……」

房吉は自分の使った茶碗や皿を片付け、鬢盥《びんだらい》を提げて立ち上がった。

「そうかい、御苦労だったね」

「いえ、じゃあ半次……」

房吉は庭から帰っていった。

「はい。お気をつけて……」

髪結いの房吉は、清十郎殺しの探索に加わってはいなかった。房吉は半兵衛の手先ではなく、気が向いた時にだけ手伝っていた。

悪党の島田清十郎を手に掛けた者は、それなりの哀しい理由がある筈だ。そんな者をお縄にする手伝いは出来ない。それが、房吉の思いだった。

半兵衛たちは、そんな房吉を責めなかった。

房吉の行動は、半兵衛たちの正直な気持ちでもあった。

「それで、料理屋は見つかったのかい」

「いえ、そいつがまだでして……」

半次と鶴次郎は不忍池を訪れ、島田清十郎が金蔓と逢った筈の料理屋を探した。だが、料理屋はまだ見つかっていなかった。

「旦那、ひょっとしたら金蔓が、島田清十郎を殺ったのかも知れませんね」

「うん。だが、島田が殺される前、閻魔堂で植木職人に因縁を付け、乱暴狼藉を働いているのが気になってね」

「その時、金蔓はどうしていたのか、ですか」

「そして、私が行った時には、金蔓らしき者も島田もいなかった」

「島田の野郎、殺される迄、何処で何をしていたんでしょうね」

「うん。半次、とにかく金蔓だ。金蔓を一刻も早く見つけるんだ」

「承知しました」

半次は威勢良く立ち上がった。

植木職人の長次は、大店の寮の庭木の手入れをしていた。

「やあ、長次……」

半兵衛は明るく呼び掛けた。

長次は驚いたように仕事の手を止め、巻羽織姿の半兵衛に立ち竦《すく》んだ。

「精が出るね……」

半兵衛は親しげな笑顔を見せた。

「旦那、お役人だったのですか……」

「うん。北町奉行所の臨時廻り同心だよ」

「そうだったんですか……」

長次は、茫然と半兵衛を見詰めた。

「長次、あの夜、外道の島田清十郎が殺されたのを知っているね」

「へい……」

長次は半兵衛を一瞥《いちべつ》し、怯えたように頷いた。

「お前が閻魔堂で島田に殴られた時、他に誰かいなかったかい」

「他に誰か……」

長次は眉を顰めた。

「うん」

「誰もいませんでしたが……」

長次は思い出すように答えた。

「間違いないね」

半兵衛は念を押した。

「へい……」

長次は頷いた。

「そうか、誰もいなかったか……」

島田が長次に暴行を働いていた時、金蔓は傍にいなかったようだ。

「それから長次……」

「へい……」

「あの夜、お多福からの帰り、また閻魔堂の前を通ったね」

恐怖が全身を突き上げた。長次は必死に恐怖を押さえた。

「通ったんだろう」

半兵衛は静かに尋ねた。

「へ、へい……」

「その時、島田はいたのかい」

「いいえ、いません。閻魔堂の前には、誰もいませんでした」

長次は額に汗が滲んだ。

「って事は、島田はその後、閻魔堂に戻って来て殺されたって訳か……」

「へい、きっと。いえ……」

長次は思わず頷き、慌てて否定した。

「長次、帰りは一人だったのかい」

「いえ、千太や平助、安吉と一緒でした」

「何処までだ」

「閻魔堂の先の四辻まで……」

長次が不安げに眼を逸らした。

「その時、誰かに逢わなかったかい」

「逢いません」

「そうか……」

「へい……」

長次は眼を逸らし、再び植木の手入れをし始めた。

これ迄だ……。

「造作を掛けたね」

「いいえ、お役に立てなくて……」

長次は微笑んだ。半兵衛の質問が終わったと思っての安堵の微笑みだった。

「そう云やあ長次。近頃、お多福に行っていないそうだね」

「へ、へい」

長次は虚を突かれ、狼狽《ろうばい》した。

「それに、千太たちとも逢っちゃあいないようだね」

半兵衛はすぐに二の矢を放った。

「旦那……」

「何故だい」

半兵衛は長次を見据えた。

「それは……」

長次は震えた。

「それは……」

半兵衛は先を促した。

「いろいろ忙しくて、それに千太たちに用もなかったから……」

「成る程。いや、邪魔をしたね」

半兵衛は微かに笑い、庭から出て行った。

半次は思わずその場に座り込んだ。耳鳴りがし、全身に冷や汗が噴き出した。

長次はやはり島田殺しに関わりがある……。

半兵衛は確信を抱いた。

関わりがあるのは、おそらく長次だけではなく千太や平助、安吉たちもだ。

半兵衛は千太や平助、安吉の様子も確かめて見る事にした。


下谷不忍池の畔、茅町《かやちょう》二丁目に料理屋『水月』があった。

島田清十郎と金蔓は、その料理屋『水月』で逢っていた。

半次と鶴次郎は、ようやく突き止めた。

「それで女将さん、島田清十郎は一体誰と逢っていたんだい」

鶴次郎は身を乗り出した。

「それは……」

女将は言葉を濁し、答えるのを躊躇った。おそらく金蔓に固く口止めをされているのだ。

「女将さん、こいつは殺しだ。それも御家人殺し、正直に答えないとお目付衆が来るぜ」

　半次は脅した。

「お目付衆……」

　女将は仰天し、絶句した。

「ああ、お目付衆は問答無用だ。下手な真似をすれば首が飛ぶぜ」

　半次が駄目を押した。

「三国屋《みくにや》の旦那さまです」

　女将が血相を変えて叫んだ。

「三国屋だと……」

「はい。島田ってお侍さまは、三国屋の旦那さまのお座敷におみえになりました」

「三国屋ってのは……」

「下谷広小路黒門町にある呉服屋さんです」

「その三国屋に祝言を控えたお嬢さん、いるかい」

「はい。来月、祝言をあげるとうかがっております」

　女将の言葉は、堰《せき》を切った水のように溢れた。

呉服屋『三国屋』が、島田清十郎が逢った金蔓なのだ。

「鶴次郎……」

「ああ。それで女将さん、島田と三国屋の旦那、ここで逢ってどうしたい」

鶴次郎が厳しく尋ねた。

「はい。小半刻ほどして御一緒にお帰りになりました」

「一緒にね……」

「はい」

女将は疲れ果てたように頷いた。

島田と三国屋の旦那は、それからどうしたのだ……。

「半次……」

「ああ。三国屋だ」

半次と鶴次郎は、『水月』を出て下谷広小路黒門町に向かった。

下谷広小路は、火事が上野寛永寺に及ぶのを恐れ、幅広く造られた道である。

半次と鶴次郎は、寛永寺や不忍池弁才天《べんざいてん》に参拝する人や買物客で賑わう広小路を横切り、呉服屋『三国屋』に急いだ。

油問屋の二番番頭安吉が、島田清十郎を恨んでいる理由がようやく分かった。安吉は、新妻を島田に手込めにされていたのだ。女房は泣いて謝り、自害しようとした。安吉は自害を止め、忘れようと慰めるしかなかった。以来、安吉は島田を恨んでいた。

その安吉と千太、そして平助の三人は、長次と同じように怯えていた。だが、半兵衛は怯える四人に云いようのない違和感を覚えていた。

違和感がどのようなものなのか、具体的に云えない。強いて云うなら、千太たち一人ひとりに他人を撲り殺す程の気迫を感じなかった。たとえ島田清十郎が酒に酔っていたしても、千太たちを相手に不覚を取る者ではない筈だ。

長次や千太たち一人ひとりに、島田を撲り殺す力はない。仮に四人が束になったところで、島田が刀を抜いて獰猛《どうもう》に吼《ほ》えれば逃げ散るのは目に見えている。四人でもそうなのに、一人では蟷螂《とうろう》の斧《おの》にもならない。だが、長次と千太、平助と安吉の四人は、島田清十郎を殺したい程に恨んでおり、凶行に及ぶ暇もあった。

だが……。

半兵衛の読みは、同じところを虚しく廻り続けるだけだった。

呉服屋『三国屋』は繁盛していた。

旦那の太兵衛は数日前から病の床に臥し、店は若旦那の太市《たいち》と大番頭によって営まれていた。そして、『三国屋』は一人娘の婚礼の仕度に忙しかった。

半次と鶴次郎は、『三国屋』の斜向かいの路地から見守っていた。

「どうする鶴次郎……」

半次は太兵衛に逢うのを躊躇った。

「俺は勘弁して貰うぜ……」

鶴次郎は吐息を洩らした。

二人に、殺しの下手人を追い詰めた喜びは欠片《かけら》もなかった。

「半兵衛の旦那に来て貰うしかねえよ」

「そうだな……」

半次と鶴次郎は、『三国屋』の主の太兵衛が島田殺しの下手人とみた。

祝言間近の一人娘を手込めにし、金を強請り取る島田を手に掛けた……。

役人に訴えて事を公にすれば、島田は捕らえられるかも知れない。だが、一人娘の祝言は壊れ、後ろ指をさされて暮らす事になる。

追い詰められた太兵衛は、一人娘の幸せを願って島田を撲り殺したのだ。父親としては当然の気持ちだった。

半次と鶴次郎は、そんな太兵衛を外道の島田殺しで捕らえたくはなかった。

出来るものなら見逃したい……。

それが、半次と鶴次郎の正直な気持ちだった。

「半次、三国屋を見張っていてくれ。半兵衛の旦那を呼んでくる」

鶴次郎は素早く身を翻し、雑踏の中に消え去った。

半次は路地にしゃがみ込み、空を見上げた。

家と家の間に見える狭い空は、鮮やかな蒼さを誇っていた。

俺は、岡っ引に向いていねえのかも知れねえ……。

半次は眩《まぶ》しげに目を細めた。


北町奉行所の同心詰所は、同心たちが見廻りに出払って半兵衛しかいなかった。

半兵衛は鶴次郎に茶を差し出し、自分も啜った。

「で、三国屋の旦那、島田が殺された次の日から病の床に就いているんだな」

「はい……」

「鶴次郎、お前はどう思う」

「そりゃあもう……」

鶴次郎は言葉を濁した。

半兵衛は、鶴次郎が三国屋の太兵衛をお縄にしたくないのを知った。

「半次も同じなのかい」

「きっと……」

半兵衛は苦笑した。

「分かった。三国屋に行こう……」

半兵衛は立ち上がった。


『三国屋』太兵衛は、訪れた半兵衛を奥座敷に通した。

半兵衛は半次と鶴次郎を待たせ、若旦那の太市の案内で『三国屋』にあがった。

奥座敷に続く廊下を進む半兵衛は、中庭を挟んだ部屋に飾られた花嫁衣裳に気付いた。

華やかな花嫁衣裳には、娘の幸せを願う太兵衛の気持ちが籠められている。

半兵衛はそう感じずにはいられなかった。

奥座敷には、太兵衛が唯一人で待っていた。太兵衛の身体は痩せ細り、その顔は窶《やつ》れ果てていた。

「三国屋の主、太兵衛にございます」

太兵衛は半兵衛を見詰め、深々と頭を下げた。

「北町奉行所の臨時廻り同心白縫半兵衛だ。身体、何処が悪いんだい」

「心の臓にございます……」

息が苦しげに鳴った。

「そいつは大変だ。よし、話は手早く終わらそう」

「お気遣いかたじけのうございますが、それには及びませぬ」

太兵衛は微笑んだ。

「そうか……」

「はい。太市……」

太兵衛は、若旦那の太市に座を外せと命じた。

「お父っつぁん……」

太市は心配げに眉を顰めた。

「太市、白縫さまは私に御用があっておみえなんだ。三国屋やお前には、何の関わりもない。いいね」

太兵衛は厳しく言い聞かせた。

半兵衛は太兵衛の覚悟を見て取った。

「ですが……」

「太市、太兵衛に何かあった時は、すぐ呼ぶよ」

「は、はい。では白縫さま、何卒《なにとぞ》宜しくお願いします」

太市は半兵衛に深々と頭を下げ、奥座敷から出て行った。

庭には日差しが溢れ、風が柔らかく吹き抜けた。

太兵衛は柔らかい風を受け、気持ち良さそうに目を瞑った。

「……太兵衛、島田清十郎と水月を出てから、どうしたんだい」

半兵衛は静かに斬り込んだ。

太兵衛は半兵衛に感謝した。

祝言を間近に控えた一人娘に触れない半兵衛……。

太兵衛は感謝せずにはいられなかった。

「神田お玉ヶ池の畔にある閻魔堂で再び逢う事にして別れました」

「何故だい」

「白縫さま、島田清十郎は手前から切り餅一つを脅し取り、長い付き合いをしようと笑いました」

「金蔓って訳か……」

「はい。ですが、手前は先の見えた命。店や太市、それに嫁にいく娘に累を残して逝《い》く訳には参りません。二百両でこれ切りの付き合いにして欲しいと頼みました」

「島田は納得したのかい」

「はい。三百両で……」

「島田、その三百両を持って閻魔堂に来いと云ったんだね」

「左様にございます」

「そして、お前さんは店に戻り、三百両の金を持って閻魔堂に行った……」

「はい。ですが相手は外道の島田。手前が死ねば、約束などすぐに反故《ほご》にするのに決まっております」

「それで撲《なぐ》って決着をつけた」

「島田が三百両の金を確かめている時、後ろから……」

「得物は折れた天秤棒かい」

「いいえ。石を手拭に包んで……」

太兵衛は畳んだ手拭を出し、広げて見せた。手拭には血が赤黒く乾き、泥が僅かに付着していた。

「預からせて貰うよ」

「はい……」

半兵衛は手拭を畳み、懐に入れた。

太兵衛は折れた天秤棒ではなく、手拭に包んだ石で島田を撲っていた。

「島田、撲られてどうした」

「いきなりだったので、悲鳴もあげずに倒れ、死にました。それで手前は、三百両と水月で渡した切り餅を取り戻し、その場から逃げたのです。白縫さま、島田清十郎を手に掛けたのは、手前にございます」

太兵衛は告白を終えた。そこには恐れも後悔もなく、すべてを達観した落ち着きだけがあった。

「太兵衛、何度、撲ったのか覚えているかい」

「一度だけ、思い切り……」

「間違いないね」

「ございません。島田は頭から血を流して倒れ、死んだのでございます」

太兵衛は、手拭に包んだ石で島田の後頭部を一度だけ思い切り撲った。だが、島田清十郎は、折れた天秤棒で全身を滅多打ちにされて殺されていたのだ。

島田清十郎は、太兵衛の一撃で死んではいない……。

半兵衛は確信した。

「太兵衛、残念ながらお前さん、恨み重なる外道の島田を殺せなかったようだ」

「白縫さま……」

太兵衛は驚き、眼を見張った。

「島田は頭だけじゃあなく、身体中を滅多打ちにされて殺されていたんだ」

「違います。手前が、手前が……」

太兵衛は動揺した。

「太兵衛、島田を恨んでいた者は、お前だけじゃあない。息の根を止めた下手人は他にいるんだよ」

半兵衛は静かに云い聞かせた。

「白縫さま、もしそうでも下手人は手前です」

「太兵衛……」

「外道の島田に苦しめられ、殺したいほど恨んでいる者は確かに大勢おります。ですが、下手人は手前なのです。この老い先短い爺《じじ》いが、島田を殺した下手人なのです。それでいいじゃあございませんか……」

太兵衛は動揺を懸命に抑え、静かに言い放った。

「太兵衛、お前さんの覚悟は良く分かった。だが、そうはいかない」

半兵衛は微笑んだ。

「白縫さま……」

「太兵衛、お蔭で島田殺しの真相がようやく見えてきた。礼を云うよ」

太兵衛は言葉に詰まった。

「お前は島田清十郎と喧嘩になり、手拭に包んだ石で頭を一度だけ撲った。それだけだよ」

半兵衛はそう云い、若旦那の太市を呼んだ。

太市が、心配そうな面持ちですぐに現れた。

「太市、話は終わった。太兵衛を休ませてやってくれ」

「はい……」

「白縫さま……」

太兵衛は、半兵衛に縋《すが》る眼差しを向けた。

「太兵衛、何も心配せずに養生して、長生きするんだね」

半兵衛は笑った。

太兵衛が嗚咽《おえつ》を洩らした。

半兵衛は太兵衛の嗚咽を背にし、三国屋を出た。

「旦那……」

半次と鶴次郎が駆け寄ってきた。


半兵衛は、半次と鶴次郎を連れて蕎麦屋《そばや》の座敷にあがり、酒と蕎麦を頼んだ。

半次と鶴次郎は、固い面持ちで半兵衛の言葉を待った。

「三国屋太兵衛が島田を撲ったのは、最初の一撃だけだったよ」

「って事は……」

鶴次郎が素《す》っ頓狂《とんきよう》な声をあげた。

「息の根を止めた下手人は他にいるんだよ」

「本当に一度だけなのですか」

半次は不安げに尋ねた。

「太兵衛は心の臓の病。島田を滅多打ちにしようものなら、自分の息の根が先に止まっちまうよ」

半兵衛は運ばれた酒を飲んだ。

「そうですか……」

半次と鶴次郎は、安心したように顔を見合わせた。

「じゃあ旦那、下手人は三国屋の旦那が逃げた後、島田を滅多打ちにして息の根を止めたんですか」

「うん。手拭に包んだ石で頭を撲ったそうだから、島田は気を失っていたんだろう」

半兵衛は酒を飲み、蕎麦を啜った。

「流石の外道もひとたまりもありませんか」

鶴次郎は、零《こぼ》れる笑みを蕎麦を啜って隠した。

「うん」

「旦那、そうなると下手人、一体何処の誰なんでしょうね」

「そいつは難しいな……」

「難しいって旦那……」

「いつまでも、知らん顔をしてはいられないか……」

「そりゃあもう……」

「よし。半次、鶴次郎、ちょいと走り廻って貰おうか……」

半兵衛は蕎麦の残りを掻き集め、盛大な音を鳴らして啜った。


夕陽が沈み、閻魔堂は夜の闇に包まれた。

飲み屋『お多福』の女将お紺は、軒先に赤提灯を掲げようとした。

「女将、今夜は店を開けちゃあならないよ」

お紺は、暗がりからの声に怪訝に振り返った。闇を揺らして半兵衛が現れた。

「半兵衛の旦那……」

「お紺、島田清十郎を手に掛けたのは、お前だね」

「旦那……」

お紺は茫然と半兵衛を見詰めた。

「さあ、店に入るんだよ」

半兵衛は提灯を降ろし、お紺を店に入れた。

お紺は言葉もなく半兵衛に従った。

狭い店内は綺麗に掃除され、客の来るのを待っていた。

「お紺、早縄を掛けさせて貰うよ」

「旦那……」

お紺は血相を変えた。

半兵衛は構わず捕縄を取り出し、お紺に早縄を掛けた。

早縄とは、被疑者の抵抗や逃走を防ぐ為に縛るものであり、結び目を造らない縛り方であった。早縄は縛るのも解くのも早く、無実の時には、縄を巻いて取り締まっただけだと主張する為のものでもあった。そこには、真犯人かどうか分からない被疑者の人権を侵害する恐れがあったからだ。

「旦那……」

植木職の長次と大工の千太、そして錺職の平助、番頭の安吉が血相を変えて飛び込んで来た。

「外道の島田を撲り殺したのは、あっしたちです」

長次が叫んだ。そして、千太が早縄を掛けられたお紺を見詰め、半泣きになって続いた。

「ですから、女将さんは島田殺しになんの関わりもないのです」

平助と安吉が、縋る眼差しで何度も頷いた。

「ま、落ち着きな……」

半兵衛は微笑み、のんびりと伝えた。

長次たちは勢いを削がれ、混乱した面持ちになった。

半次と鶴次郎が入って来て腰高障子を閉め、戸口を固めた。

半次と鶴次郎は長次を訪れ、島田殺しの下手人がお紺であり、半兵衛が召し捕りに向かったと告げた。長次は愕然とし、千太の家に走った。そして、二人は平助と安吉を訪れて覚悟を決め、『お多福』に駆け付けたのだ。

「すまなかったね、お紺。勘弁してくれ」

半兵衛は素早く早縄を解き、お紺に詫びた。

「いえ……」

お紺は茫然と立ち尽くした。

「お前さんたちが、外道の島田を手に掛けたのかい」

長次たち四人は、言葉もなく頷いた。

「あの夜、お前たち四人はお多福を出て閻魔堂の前を通った。そうしたら、境内に島田清十郎が倒れていた。そうだな」

「へい。あっしたちは驚いて声を掛けました。そうしたら外道がいきなり長次に飛び掛かって首を絞めたんです。あっしは慌てて止めに入りました。ですが……」

千太が恐怖を思い出したように震えた。

「長次と千太が突き倒されて、殺されるかと思いました。それで手前が、思わず落ちていた棒を拾って外道を撲ったんです」

安吉が遠い眼差しで続いた。

「外道は頭を抱えて倒れました。女房を手込めにした憎い外道です。手前は撲りました。何度も何度も夢中で撲りました」

安吉は鼻水を啜った。

「撲ったのは安吉だけじゃありません。俺も安吉から折れた天秤棒を取り、外道を撲りました」

平助が憎しみを浮かべて続いた。

「平助の次はあっしが撲りました」

「そして、千太の次にあっしも……」

千太と長次が、島田を撲った事実を認めた。

「恨み重なる外道の島田、殺してもいい。そう思いながら無我夢中で撲りました。旦那、島田を殴り殺した下手人は、女将さんなんかじゃありません。あっしたちなんです」

長次が項垂れた。

千太と平助、安吉がすすり泣いた。

四人は、外道の島田を代わるがわる天秤棒で撲り、殺したのだ。

「私も倅の恨みを晴らしたかった……」

お紺は嗚咽を洩らした。

御家人島田清十郎殺しの真相が、ようやく判明した。

半次と鶴次郎は、言葉もなく戸口を固めていた。

「良く話してくれたね。ところで誰が撲った時に島田は死んだんだい」

半兵衛は冷静に尋ねた。

「そいつは……」

四人は顔を見合わせた。

「分からないのか」

「へい……」

四人は頷いた。

「そいつは参ったな」

「半兵衛の旦那……」

半次が怪訝に半兵衛を見た。

「半次、誰かの一撃が止めになって島田は死んだ筈だ。その一撃を放った奴が、島田殺しの下手人だよ」

「はい……」

「だが、その下手人が誰かは分からない……」

「って事は旦那……」

「分からない限り、島田殺しは闇の彼方だ」

半兵衛は苦笑した。

「旦那……」

お紺が怪訝に半兵衛を見た。

「ですが旦那、それで島田の遠縁のお偉いさん、大人しく引き下がりますかね」

半次が眉を曇らせた。

「なあに、遠縁のお偉いさんにしても、島田の悪行が表沙汰《おもてざた》になっては困るだけだ」

「それはそうでしょうけど……」

「心配するな半次。島田清十郎は閻魔の祟《たた》りを受けて死んだんだよ」

「閻魔の祟り……」

半次と鶴次郎は驚いた。それ以上に、お紺や長次たちが驚いた。

「お紺、島田は閻魔堂を壊した事があったな」

「は、はい……」

「そいつの祟りだよ」

半兵衛は笑った。

閻魔堂を壊した島田清十郎は、閻魔の怒りに触れて祟られて死んだ。

「私が調べて分かったのは、それだけさ」

お紺と長次たちの嗚咽が、狭い店に溢れた。

世の中には、私たちが知らぬ顔をした方が良い事がある。

長次、千太、平助、安吉、そして三国屋太兵衛たちは、毎日を真っ当に働いて暮らしている。直参御家人として僅かでも扶持米を得ているのに、乱暴狼藉の挙句に強請りたかりを働く島田清十郎とは違う。

半兵衛は〃知らぬ顔の半兵衛〃を決め込んだ。

外道の島田清十郎は、閻魔の祟りを受けて死んだ……。

神田松枝町一帯に噂が広まった。

噂は、半次と鶴次郎、そして柳橋の弥平次の手先たちによって広められたのは云う迄もなかった。

「閻魔の祟りだと……」

北町奉行所与力の大久保忠左衛門は、白髪眉を逆立て、皺だらけの首を伸ばした。

「はい。島田清十郎は以前、閻魔堂を叩き壊すと云う罰当たりな真似をしていましてね。その祟りだと松枝町お玉ヶ池界隈では専《もっぱ》らの噂。恐ろしいものでございますな。はい」

半兵衛はもっともらしく頷いた。

「半兵衛……」

忠左衛門は唸り、その顔を赤く染めた。

「大久保さま、島田殺しの始末、この白縫半兵衛の勝手の筈。違いましたかな」

忠左衛門は微かに慌てた。

次の瞬間、忠左衛門は声をあげて笑った。外れ落ちそうになる入れ歯を外し、大口を開けて笑った。

「大久保さま……」

「そうか閻魔の祟りか。良くやったぞ半兵衛、島田殺しはそれにて一件落着だ」

「ははっ……」

半兵衛は、早々に忠左衛門の用部屋を出た。


半月後、呉服屋『三国屋』の一人娘が祝言をあげ、主の太兵衛が心の臓の病で息を引き取った。

植木職の長次、大工の千太、鋳職の平助、番頭の安吉の四人は、以前にも増して仕事に精を出していた。そして、お紺は閻魔堂に毎日通い、手を合わせていた。

神田松枝町から外道は消え、静かな日々が訪れた。

世の中には、町方同心が知らずにいる方が良い事もある……。

半兵衛はそう嘯《うそぶ》き、〝知らぬ顔の半兵衛〟を決め込んだ。

松枝町お玉ケ池の水面は、日差しを受けて明るく耀《かがや》いていた。

第三話　御落胤《ごらくいん》

一

江戸城の北、神田川に架かる小石川御門橋を渡ると、御三家水戸家の江戸上屋敷がある。その水戸家江戸上屋敷の傍に牛天神龍門寺があり、門前町が連なっていた。

牛天神の境内には、その昔、源頼朝《みなもとのよりとも》が奥州征伐の途上に腰掛けたと伝えられる〝牛石〟がある。牛石は、撫でると願いが叶《かな》う〝ねがい牛〟とも呼ばれ、参拝客の人気を集めていた。

北町奉行所養生所廻り同心の神代新吾《かみしろしんご》は、拝殿に手を合わせた。

どうか三廻りになれますように……。

新吾はそう願いながらねがい牛の尻も撫で廻した。

〝三廻り〟とは、町奉行所で事件探索をする〝定町廻り〟〝臨時廻り〟〝隠密廻り〃の同心たちを指す。新吾は、小石川養生所から北町奉行所に戻る途中、時々牛天神に寄ってねがい牛の尻を撫で廻していた。

新吾が牛天神を出ようとした時、羽織袴の中年の武士が境内の横手から五歳ほどの男の子を小脇に抱えて走り込んできた。

中年の武士は境内を横切り、牛天神から出て行こうとしていた。

「おっ母ちゃん」

男の子が半泣きで叫んだ。

「直吉《なおきち》……」

男の子の母親らしき女が、悲痛に叫びながら追って現れた。

「おっ母ちゃん」

男の子が泣き叫んだ。

人攫《ひとさら》い……。

新吾は、男の子を抱き抱える中年武士の前に立ちはだかった。

「おのれ、邪魔立てすると容赦しないぞ」

「黙れ。昼日中の人攫い、いい度胸じゃあねえか。容赦しねえのはこっちだ」

新吾は怒鳴り、飛び掛からんばかりに身構えた。

中年の武士は怯《ひる》み、男の子を慌てて降ろして足早に立ち去った。

新吾は息をつき、構えを解いた。

「直吉」

「おっ母ちゃん」

直吉と呼ばれた男の子は、駆け寄って来た母親に飛びついた。母親は直吉を抱き締めた。

良かった……。

新吾は微笑《ほほえ》んだ。

母親は、直吉を抱いたまま新吾に頭を下げた。

「ありがとうございました」

「いや、武士のくせに人攫いとは、呆れ果てた奴だ。何処《どこ》の誰か知っているのか」

「えっ、いいえ、存じません……」

母親は浮かぶ微かな動揺を隠し、否定した。

「そうか……」

「おすみ、直吉……」

職人姿の男が鑿《のみ》を握り締め、血相を変えて駆け寄ってきた。

「お父っちゃん」

直吉が叫んだ。

「こいつか、直吉を攫ったのは」

男の子の父親は、おすみと直吉を庇《かば》って新吾に鑿の刃先を向けた。

「違うよ、お前さん。こちらさまには助けていただいたのです」

おすみと呼ばれた母親は、慌てて父親に教えた。父親は鑿を下ろした。

「それは御無礼を……あっしは指物師の太吉《たきち》、女房子供をお助け戴きまして、ありがとうございました」

父親は新吾に深々と頭を下げた。

「太吉……」

聞き覚えのある名前だった。

新吾は訊きなおした。

「へい……」

太吉は怪訝《けげん》な顔を向けた。

新吾は、太吉の訝《いぶか》しげな顔に見覚えがあった。

「餓鬼《がき》の頃、八丁堀にいた太吉か……」

「そうですが……」

「太吉、俺だ、神代新吾だ」

「神代新吾……」

「ああ、餓鬼の頃、悪餓鬼に苛められては、お前に助けて貰っていた新吾だ」

「新吾……」

太吉は思い出し、眼を丸くした。

「うん」

太吉は餓鬼の頃、新吾と同じ寺子屋に通っていた五歳年上の指物師の倅《せがれ》だった。新吾と太吉は何かと気が合い、身分の差を越えて仲が良かった。それは、太吉の優しさもあったが、兄弟のいない新吾が慕ったといって良かった。だが、太吉は父親の都合で八丁堀から越して行った。その時、新吾は蒲団の中で密かに泣き続けた。

「そうか、新吾か……」

「ああ、太吉……」

新吾と太吉は、十余年振りの再会を喜んだ。

「お前さん……」

「おお、新吾、こっちは女房のおすみと倅の直吉だ」

「おすみさんに直吉か、俺は北町奉行所養生所廻り同心神代新吾だ」

新吾は太吉と再会し、おすみと直吉の家族と知り合った。

申《さる》の刻七つ（午後四時）。

半兵衛は何事もなくその日を終え、北町奉行所を出た。

「半兵衛さん」

新吾が追って来て並んだ。

「おう、新吾かい」

「どうです、調子」

「悪いよ、胃の腑《ふ》が……」

「半兵衛さん。そいつは、大久保さまにしか通用しませんよ」

新吾は笑った。

最近の半兵衛は、身体の調子を尋ねられると口癖のように胃の腑が悪いと答えていた。

「ふん。なんだか楽しそうだな。良い事でもあったかい」

「ええ。今日、牛天神で子供の頃の知り合いに逢いましてね……」

新吾は、半兵衛に太吉との再会の顚末《てんまつ》を楽しげに話した。

「そいつは良かったね」

「ええ……」

「で、直吉を連れ去ろうとした武士は、何処の誰なんだい」

「えっ」

「連れて行こうとした武士だよ」

「さあ……」

新吾は首を捻った。

「だったら何故、直吉は連れ去られそうになったんだい」

「何故でしょうね」

半兵衛は苦笑した。

「新吾、昔話に花を咲かせるのもいいが、それじゃあ三廻りは無理だよ」

「半兵衛さん……」

新吾は己の迂闊《うかつ》さに気が付いた。

懐かしい太吉との再会に舞い上がり、直吉が連れ去られそうになった事実を意識の隅に押しやってしまったのだ。

「新吾、その武士は羽織袴だったんだね」

「はい。何処かの藩の勤番武士か大身旗本の家臣のように見えました」

「そんな武士が、指物師の倅を連れ去ろうとした。どうしてなんだい」

「はあ……」

「身代金目当てじゃあないとしたら、親に対する恨みか……」

半兵衛は事件の可能性を示唆《しさ》した。

「半兵衛さん、俺、太吉に聞いてきます」

新吾は半兵衛が止める間もなく身を翻《ひるがえ》し、猛然と走り去った。

半兵衛は苦笑し、見送った。

囲炉裏《いろり》の炭は赤く燃え、自在鉤《じざいかぎ》に掛けられた鍋からは湯気があがっていた。

半兵衛は、鍋の中の豆腐や大根を肴《さかな》に酒を飲んでいた。

「それで新吾の旦那、牛天神に逆戻りですか」

岡っ引の半次は、半兵衛に酌をして自分も手酌で飲んでいた。

「御苦労なことだよ」

「旦那、ちょいと探ってみましょうか」

半次が酒の入った湯呑茶碗を置いた。

「気になるかい……」

「はい。羽織袴のお侍が職人の倅を勾《かど》かす《わ》なんて、滅多に聞きませんので……」

「裏に何が潜んでいるのやら……」

「気になりますね」

「うん。よし、明日からちょいと様子を見てみるか……」

半兵衛は厳しい面持ちで酒を飲んだ。

翌日、半兵衛が廻り髪結の房吉に髷《まげ》を結って貰っていた時、新吾が庭先に顔を出した。

「どうだった」

「それが、太吉とおすみさん、武士が誰かも知らないし、どうして直吉を連れ去ろうとしたかも分からないってんですよ」

新吾は困り果てたように告げた。

「新吾、羽織袴の武士は、どんな風に子供を連れ去ろうとしたか、聞いたかい」

「ええ。太吉が仕事場で仕事をしていて、おすみさんが洗濯物を取り込んでいた時、表で遊んでいた直吉をいきなり抱いて連れ去ったと……」

「それだけかい……」

「はあ……」

羽織袴の武士が、幼い子供を連れ去ろうとしたにしては、あっさりし過ぎている。

半兵衛の直感が囁《ささや》いた。

房吉の髷を結う手に力が籠められ、半兵衛の髪が僅かに音を鳴らした。

「新吾、太吉は牛天神で暮らすようになってどのぐらい経つんだい」

「直吉が生まれてからだそうですから、ざっと五年ですか……」

「長屋かい」

「いえ。門前町裏の借家で暮らしています」

「太吉、歳は幾つだい」

「確か私より五歳、上ですか……」

「新吾より五歳上って事は……」

「三十歳です」

「倅の直吉は五歳か……」

「ええ……」

「女房のおすみとは、どんな縁で所帯を持ったのか、聞いているかい」

「いいえ、そこ迄《まで》は……」

「そうか……」

「旦那……」

半兵衛の髷を結っていた房吉が、〝日髪日剃《ひがみひぞ》り〟を終えた。

「御苦労さん」

半兵衛は房吉を労《ねぎら》った。

「はい……」

房吉は、髪結道具を片付けながら半兵衛をちらりと一瞥《いちべつ》した。半兵衛は、さっぱりした面持ちで立ち上がった。

牛天神の賑わいとは違い、門前町の奥は静けさに包まれていた。

半次は太吉の家に向かった。

指物師太吉の家からは、鋸《のこ》を挽《ひ》く音が洩れていた。

指物とは、板と板を釘を使わず、指して組み合わせる木工の技法を云った。製品には文机《ふづくえ》や鏡台、文箱、硯箱《すずりばこ》などがあるが、箪笥《たんす》や飾り棚などもあった。鋸を挽く音は、木取りと云って板に鉋《かんな》をかけた後、小さい部品に切り取る作業のことである。木取りの次に鑿でほぞを削り、叩いて組み合わせる。

太吉は作業場で木取りをし、おすみは庭で洗濯物を干していた。そして、直吉は外出を禁じられ、退屈そうに両親の許を行き来していた。

幸せそうな家族……。

半次は、太吉一家の評判をそれとなく聞き歩いた。太吉は働き者であり、若いながらも腕の良い指物師と云われていた。そして、何よりもおすみと直吉を可愛がっていた。

おすみは太吉に尽くし、直吉を可愛がりながらも厳しく躾《しつ》けていた。

半次が聞き廻った限り、太吉一家の評判は良く、夫婦を悪く云う者は誰一人としていなかった。

武士は勿論《もちろん》、他人に恨まれているとは思えない……。

だが、直吉は連れ去られそうになった。

逆恨み……。

太吉やおすみが誤解され、逆恨みされているのだろうか。それとも、二人は世間の知らない顔を隠しているのだろうか。

半次は様々な思いに揺れた。

半次が牛天神の裏門に戻って来た時、羽織袴の武士が幼い男の子を抱いて町駕《まちか》籠《ご》に乗り、二人の浪人を従えて立ち去ろうとしていた。

直吉……。

半次は慌てて追った。

追っていたのは、半次だけではなかった。

廻り髪結の房吉が、羽織の武士と浪人たちを路地違いに追っていた。房吉は半兵衛と新吾のやり取りに興味を抱き、牛天神に来ていたのだ。半次と房吉は、互いの存在に気付かず羽織袴の武士と浪人たち追っていた。

浪人たちが、追って来る半次に気付いた。そして、一人の浪人が町駕籠に付き添って行き、別の浪人が立ち止まって半次を迎えた。

半次は焦った。

町駕籠で連れ去られたのは直吉だ。

構うことはねえ……。

半次は、猛然と浪人の傍を駆け抜けた。

浪人は刀を閃かせた。

刹那《せつな》、半次は飛び込むように転がって躱《かわ》し、素早く立ち上がった。だが、立ち上がった途端、半次は横倒しに倒れた。右脚の太股に激痛が突き上げ、生温かい血が溢れて流れた。

浪人は刀の切っ先から血を滴らせ、薄笑いを浮かべて半次を見下ろした。

人殺しの眼だ……。

半次の背筋に悪寒が走った。

「何をしている」

新吾が怒声をあげ、猛然と駆け寄って来た。

浪人は新吾に対して刀を構えた。

半次は必死に転がり、浪人の見切りの内から逃れた。

新吾が雄叫《おたけ》びをあげ、浪人に鋭く斬り付けた。浪人は新吾の刀を素早く躱した。

「大丈夫か、半次」

「新吾の旦那、直吉がさらわれた」

半次は懸命に立ち上がった。

「なんだと……」

新吾は怒りを浮かべ、浪人に襲い掛かった。

浪人は飛び退き、身を翻して駆け去った。

「おのれ、逃がすか」

新吾は追い掛けようとした。

「新吾の旦那、太吉さんとおすみさんだ」

太吉とおすみは、浪人たちの手に掛かっているかもしれない。半次は恐れた。

新吾は半次の懸念に気付き、太吉の家に走った。半次は血の流れる脚を引きずり、必死に後に続いた。

「太吉……」

新吾は、太吉の家の庭に駆け込んだ。

居間で繕《つくろ》い物をしていたおすみが、驚いたように新吾を見た。

「新吾さま……」

「どうした新吾……」

作業場から太吉が顔を出した。

太吉とおすみは無事だった。

「直吉が、直吉が勾かされた」

新吾は息を荒く鳴らした。

「直吉」

おすみが血相を変えて叫んだ。

「直吉、直吉……」

直吉の名を悲痛に叫び、辺りを探した。

「おすみ、直吉、家にいたんじゃないのか」

「いました。いましたけど。直吉……」

おすみは尚も直吉の名を呼んだ。だが、直吉の返事はなかった。

「外だ。外に遊びに行ったんだ」

太吉は草履《ぞうり》も履かずに外に飛び出した。おすみが続いた。

太吉とおすみは、新吾の言葉を信じたくなかった。直吉が連れ去られたのを信じたくなかったのだ。

二人は直吉を探した。牛天神の境内、裏路地、そして門前町の賑わいに直吉を必死に探し廻った。

新吾は、そんな太吉とおすみに掛ける言葉もなく見守るしかなかった。そして、半次は右脚を血に染め、その場に倒れ込んだ。

新吾は半次を自身番に担ぎ込み、小石川養生所の医師小川良哲《おがわりょうてつ》に人を走らせ、半兵衛への連絡を頼んだ。

小川良哲がお鈴《すず》を連れて駆け付けて来た。

「大丈夫ですか、半次さん……」

お鈴が心配げに尋ねた。お鈴は半次が住んでいる長屋の隣人であり、父親を仇《かたき》と追う若者の騒動以来、親しくなっていた。そして、父親が死んだ後、養生所で産婆《さんば》の修業をしていた。お鈴は半次が斬られたと聞いて驚き、良哲と一緒に駆け付けて来たのだった。

良哲は半次の右脚の傷を診た。傷は深いが骨には達していなかった。

「どうする半次、傷口を縫った方が治りが早いが……」

「そりゃあもう、縫って下さい。良哲先生」

一刻も早く傷を治し、直吉を助けなくてはならない。

半次は頼んだ。

「分かった。お鈴さん、傷口を縫うぞ」

「はい」

良哲は小石川養生所肝煎《きもいり》の本道医だが、長崎で外科の修業もしていた。

半次は脂汗を浮かべ、懸命に激痛に耐えた。

良哲は半次の傷口を縫った。

「大丈夫か、半次……」

半兵衛と鶴次郎が駆け付けて来た。

「申し訳ありません、旦那。子供を連れ去られてしまいました」

半次は詫びた。

「心配するな。取り戻す迄だ」

半兵衛は励ました。

「それで新吾、直吉を乗せた町駕籠はどっちに行ったんだ」

「江戸川の方に……」

「鶴次郎……」

「はい。半次、必ず探し出してやるぜ」

鶴次郎は緋牡丹柄《ひぼたんがら》の半纏《はんてん》を翻し、威勢良く自身番を飛び出していった。

「新吾、太吉とおすみはどうしている」

半兵衛は良哲とお鈴に半次を頼み、新吾と太吉の家に向かった。


太吉はなり振り構わず半兵衛に頼んだ。

「助けて下さい。どうか直吉を助けて下さい。お願いにございます」

「心配するな太吉、直吉は必ず取り戻すよ」

半兵衛はそう答えた。太吉を落ち着かせるには、そう答えるしかなかった。

「ところでおかみさん、まだ直吉を探しているのかい」

半兵衛は、おすみがいないのに気が付いた。

「ええ、きっと……」

太吉は肩を落として頷《うなず》いた。

半兵衛は太吉の家の中を見廻した。綺麗に掃除されている部屋の隅には、凧《たこ》や独楽《こま》など様々な玩具《おもちゃ》の入った竹籠があった。

「新吾、ちょいとひと廻りして来るよ」

半兵衛は新吾を残し、外に出た。

家の周りに変わった事はなく、牛天神の境内には長閑《のどか》な時が流れていた。

半兵衛はおすみらしい女を探した。だが、おすみらしき女は何処にもいなかった。


町駕籠は二人の浪人に守られ、江戸川と神田川の合流地に架かる船河原橋を渡った。そして、神田川沿いに進んで牛込御門、神楽坂の前を抜け、市ヶ谷御門の手前を右に折れ、左内坂《さないざか》をあがった。

左内坂の右手には、市ヶ谷八幡宮や御三家尾張藩の江戸上屋敷があった。町駕籠と二人の浪人は、突き当たりの三叉路《さんさろ》右手の中根坂を抜けて武家屋敷の裏門に入って行った。

房吉は見届けた。

武家屋敷は千五百坪程の広さを誇り、静けさに包まれていた。

房吉は周辺に聞き込み、誰の屋敷か調べた。

屋敷の主《あるじ》は、旗本三千五百石の大沢修理《おおさわしゅり》だった。

ここまでだ……。

房吉は踵《きびす》を返し、中根坂を下ろうとした。だが、坂を小走りに駆け上がってくる女に気付き、素早く物蔭に退けた。

女はおすみだった。

おすみは房吉の傍を駆け抜け、大沢屋敷の前に佇《たたず》んだ。

房吉は物蔭から見守った。

おすみは大沢屋敷を見上げながら息を整え、閉じられている表門の潜り戸を叩こうとした。だが、おすみは思い止まった。

潜り戸を叩こうとした手を力なく降ろし、悄然《しょうぜん》と佇んだ。


夕陽がねがい牛を赤く染め、牛天神の境内から人影は消えた。

門前町裏の太吉の家は、直吉の元気な声も消えて暗く沈んでいた。

おすみは家に戻り、夕餉《ゆうげ》の仕度をし始めた。だが、直吉を連れ去られた衝撃は深く、おすみは不意にすすり泣き、しゃがみ込んだ。

「おすみ……」

太吉は小さな声を掛けるしかなかった。

二人の浪人に護《まも》られた町駕籠は、神田川沿いに市ヶ谷牛込方面に向かっていた。

鶴次郎は、牛天神の境内で半兵衛に分かった事を報告した。

「市ヶ谷牛込ねえ……」

「はい。明日、廻って見ます」

「それには及ばないよ」

房吉が現れた。

「房吉の兄い……」

「今度の件はやる気になったようだな」

「へい……」

房吉は照れたように笑い、直吉が大沢屋敷に連れ込まれ、おすみが来た事を詳しく報せた。

「旗本三千五百石の大沢修理さまか……」

「ご存じですか」

「そんなお偉いさん、知る訳がないよ」

旗本三千五百石の家格は、勘定奉行や町奉行、そして大目付などの役目に就く程のものだ。三十俵二人扶持《ぶち》も最下級の御家人である白縫半兵衛とは月とすっぽん、提灯《ちようちん》に釣鐘《つりがね》なのだ。

「それにしてもおすみがね……」

何故だ……。

半兵衛は、おすみが大沢屋敷に赴《おもむ》いた理由に思いを巡らせた。

二

直吉は、旗本大沢修理の屋敷に連れ込まれた。

連れ込んだ羽織袴の武士は、おそらく大沢修理の家来に違いなかった。そして、直吉の母親おすみは、その事実を知っていながら隠していたのだ。

半兵衛に分かる事は、直吉の身は安全だということだった。大沢家家中の羽織袴の武士が、二度目でようやく連れ去った直吉を殺したりはしない。そして、三千五百石の大身旗本の家来が、指物師の子供を勾かして身代金を要求するとも思えなかった。

「どういう事ですかね……」

鶴次郎は首を捻った。

「さあな……」

指物師の倅が、大身旗本とどんな関わりがあるというのだ。

「それより半兵衛さん。今すぐ大沢家に赴き、直吉を返して貰いましょう」

新吾がいきり立った。

「新吾、相手は三千五百石の大身旗本、私たち町奉行所の手に負える相手じゃあない。それにねじ込んだところで、知らぬ存ぜぬと惚《とぼ》けられるとそれ迄だ」

半兵衛は落ち着いていた。

「じゃあ半兵衛さん、俺たちは直吉を助けてやれないのですか」

新吾は半兵衛に噛《か》み付いた。

「いや。助けてやれるよ」

半兵衛は苦笑した。

「どうやってですか……」

「直吉を勾かした理由を突き止めるか、扶持米を返上して只の侍になりゃあ五分と五分。どんな意地でも貫けるさ」

半兵衛は事もなげに云い放った。そこには、いざとなれば死を賭して闘う覚悟が秘められていた。

「半兵衛さん……」

新吾は言葉を失った。

「それより新吾、太吉とおすみが所帯を持った経緯《いきさつ》、聞いているかい」

半兵衛が新吾に尋ねた。

「いいえ、別に……」

「じゃあ、おすみは太吉と一緒になる前、何をしていたんだい」

「さあ、そいつも聞いていません」

新吾はばつが悪そうに顔を赤らめた。

「そうか……」

半兵衛は苦笑した。

「よし、鶴次郎は太吉の家を見張ってくれ」

「承知しました」

「房吉、お前は旗本大沢修理の屋敷の内情を探ってくれ」

「はい……」

「私はおすみを調べて見るよ」

半兵衛はそれぞれのする事を決めた。

「あの、半兵衛さん、私はどうしましょう」

新吾が遠慮がちに半兵衛の顔を覗いた。

「養生所廻りはいいのかい」

「はい。母が病で寝込んだ事にしたので、暫く休めます」

母一人子一人の新吾は、母親の菊枝《きくえ》を病にして組頭から休みを貰ったのだ。

半兵衛は苦笑した。

「だったら新吾、お前は太吉の幼馴染《おさななじ》みとして、二人が一緒になった経緯を聞き出してみるんだな」

「心得ました」

新吾は張り切った。

太吉とおすみは、眠れない夜を過ごしていた。

風や物音が鳴る度に起き上がり、直吉の名を呼んでみた。だが、直吉の返事はなかった。

おすみは蒲団を被り、声を押し殺して泣いた。

「おすみ……」

太吉は囁いた。

おすみは泣き続けた。

「直吉は帰ってくる。必ず帰ってくるよ」

太吉はおすみを励まし、嗚咽《おえつ》を洩らした。

二人は泣いた。直吉の顔、声、そして様々な仕草を思い出して泣いた。


翌日、太吉は朝から直吉を探し廻った。

江戸川沿い、神田川沿い、太吉は新吾と一緒に直吉を探し廻った。だが、おすみは牛天神の境内にぼんやりと佇み、遊んでいる子供たちを焦点の定まらない眼差しで見ていた。

「おすみ……」

おすみは、我に返ったように濡れた眼を向けた。

半兵衛が背後にいた。

「白縫さま……」

「直吉、どうして連れ去られたのか、心当たりないのかい」

「はい……」

おすみは固い面持ちで頷いた。

半兵衛は、おすみの固い面持ちに秘められているものを見抜こうとした。だが、おすみの眼は、哀しさと虚しさが満ち溢れているだけだった。

「直吉、五歳だったね……」

「はい」

「太吉と所帯を持ってすぐ出来た子か……」

おすみの眼差しが微かに揺れた。

ここだ……。

半兵衛の直感が囁いた。

「そうなんだろう」

半兵衛は問い質《ただ》した。

「白縫さま、直吉は太吉の子供じゃあないのです」

「太吉の子供じゃあない」

半兵衛は驚いた。

「はい。私の連れ子なんです」

おすみの連れ子……。

太吉の様子から見て、とてもそうは思えなかった。

「本当かい」

おすみは頷いた。

「そうか、太吉の子じゃあなかったのか……」

「太吉は、直吉を我が子として可愛がってくれました。どんな父親よりも……」

「おすみ、直吉の本当の父親、何処の誰なんだい」

「それは……」

おすみは激しく狼狽《ろうばい》した。

「教えてくれ」

「白縫さま、それだけは申せません」

「直吉の勾かしに関わりがあってもか……」

「白縫さま……」

「おすみ、直吉を取り戻したいなら、何もかも正直に話してくれ」

「お許し下さい、白縫さま……」

おすみは半兵衛に詫び、身を翻した。

半兵衛は追わなかった。追わずに見送った。

直吉の父親は、おそらく旗本大沢家に関わりのある者なのだ。

おすみは知っている。誰が直吉を連れ去ったのか知っているからこそ、旗本の大沢屋敷に行ったし、探さずに牛天神でぼんやりしていたのだ。それに引き換え、太吉は血相を変えて直吉を探し廻っている。

太吉は何も知らないのだ。知らないから探している。

何故、おすみは太吉に教えないのだ……。

疑問と謎は深まるばかりだった。

新吾は、昼飯と休息を兼ねて太吉を蕎麦屋《そばや》に誘った。

新吾は酒を頼み、太吉に勧めた。

太吉は新吾の酌を受け、猪口《ちょこ》に満たされた酒を黙って飲み干した。

新吾も手酌で酒を飲んだ。

太吉は吐息を洩らし、黙々と酒を飲み続けた。

「太吉、本当に直吉が勾かされたのに心当たりないんだな」

「新吾、心当たりがありゃあ、闇雲《やみくも》に探し廻りはしねえよ」

「そりゃあそうだな……」

太吉は酒を飲み干し、蕎麦屋の親父に新しい銚子を頼んだ。

「太吉、おすみさんと何処で知り合ったんだ」

「おすみ……」

「うん、何処で知り合ったんだ」

新吾はそう尋ね、新しい酒を太吉の猪口に満たした。

「おすみは、俺を贔屓《ひいき》にしてくれている室町の呉服屋の旦那の店で女中奉公をしてな。俺が惚《ほ》れて嫁に貰ったんだ」

「そして、直吉が生まれたか……」

「違う……」

太吉は酒を飲んだ。

「違うって……」

新吾は太吉に怪訝な眼を向けた。

「俺とおすみが所帯を持った時、直吉はやっと歩き始めた頃だった」

「って事は、太吉、直吉はおすみさんの連れ子なのか」

「ああ。俺は直吉の本当の父親じゃあねえ。だけど新吾、俺は直吉を実の子供だと思っている。だから、俺とおすみは、知り合いが一人もいない牛天神裏に越したんだ」

「そうか、直吉とは義理の仲だったのか……」

「ああ。直吉は俺に懐いてな。お父っちゃん、お父っちゃんって……。一緒に遊んで、一緒に湯屋に行って、一緒に寝て……」

太吉の声が湿ってきた。

「太吉、直吉の実の父親は何処の誰なんだ」

「知らねえ……」

「おすみさん、教えてくれないのか」

「違う。俺が聞かねえんだ」

「どうして……」

「新吾、直吉のお父っちゃんは俺だ。俺だけなんだよ。俺以外のお父っちゃんなんて、直吉にはいやしねえんだよ」

「聞く必要なんてないか……」

「ああ……」

太吉は、直吉を我が子として愛している。

「太吉、おすみさん、御贔屓の旦那の店に奉公する前、侍と関わりはなかったのかな……」

「新吾、直吉の勾かしにおすみの昔が関わりあるってのか……」

「分からないが、直吉を勾かしたのは侍と浪人。だから……」

「昔、御贔屓の旦那におすみを嫁に貰いてえと云った時、確か旦那、お前は眼が高い、おすみはお武家さまのお屋敷に奉公していたからしっかりしているし、礼儀も弁《わきま》えていると誉めてくれたな」

「武家屋敷に奉公していた……」

おすみが奉公した武家屋敷は、旗本大沢修理の屋敷なのかも知れない。

「ああ……」

「何処の何様の屋敷だ……」

新吾は確かめようとした。

「さあ、そいつは……」

太吉は、おすみが奉公した武家の名を聞いていなかった。

「新吾。昔、おすみが奉公した武家が、直吉の勾かしに関わりがあるってのか」

「太吉、お前はどうなんだ」

「どうって……」

「お前と関わりのある武士はいないのか」

「そりゃあ御贔屓の中にはいるが、大抵は道具屋の旦那の口利きだから……」

「それ程、深い関わりはないか」

「ああ……」

「って事は、やはりおすみさんの奉公先だった武家だ。違うか」

太吉は頷き、納得した。

「太吉、おすみさんが奉公していた室町の呉服屋、なんて屋号だ」

「近江屋《おうみや》さんだよ」

「室町の近江屋だな」

新吾は、帰りに室町の呉服屋『近江屋』に寄ってみる事にした。

「新吾、俺がおすみに直に聞いてみようか」

「太吉、聞いて教えてくれるなら、おすみさんはとっくに話してくれている筈だ。それなのに云わないのは、何か理由があっての事だ。此処《ここ》は暫く黙っている方がいい」

新吾は恐れた。

太吉が直吉を助けたい一心でおすみを責め、二人の幸せが壊れるのを恐れた。

おすみはそっとして置いた方が良い……。

「此処は俺たちに任せてくれ」

新吾は太吉に言い聞かせた。

牛天神門前町裏の太吉の家には、直吉の身代金を要求する脅し文も届かず、不審な者が訪れもしなかった。だが、鶴次郎は見張りを続けた。

旗本三千五百石大沢修理は、胸の病で長の患いの床に臥していた。

房吉は大沢家に出入りを許されている商人や渡り中間などに聞き込みを掛けた。

主が病の屋敷は、妻の静乃《しずの》と用人の榎本《えのもと》佐十郎《さじゅうろう》によって護られていた。そして、大沢家には五歳になる嫡男の徳千代《とくちよ》がいた。

たとえ病の修理が息を引き取ったとしても、嫡男の徳千代がいる限り大沢家は安泰だ。

静乃と榎本は病床の修理と相談し、既に大沢家の跡目を徳千代として公儀に届け、許可されていた。つまり、大身旗本大沢家の本当の当主は、父親修理を後見とした五歳の幼児徳千代と云えた。

徳千代は、修理が病で臥せっているせいか、大人しい子供らしい。大沢屋敷は静かに門を閉じていた。

房吉は用人の榎本佐十郎が、直吉を連れ去った中年の羽織袴の武士だと睨《にら》んだ。

何故、榎本は直吉を連れ去ったのか……。

直吉は、大沢家の若様徳千代と同じ歳だ。それが、直吉を連れ去った事に関わりがあるのだろうか。

房吉は、榎本が直吉を連れ去った理由を探した。

新吾は室町の呉服屋『近江屋』に寄り、主におすみの事を尋ね、半兵衛の組屋敷を訪れた。

日は既に沈み、半兵衛は新吾を囲炉裏端に招いた。

囲炉裏には炭が赤く熾《お》き、五徳《ごとく》には半兵衛得意の雑炊《ぞうすい》の入った鍋が乗っていた。

「それで新吾、おすみは近江屋に奉公する前、大沢家に下女奉公していたのかい」

「はい。近江屋の主がそう証言しました」

「やっぱりね……」

半兵衛は新吾の報告に頷いた。

「で、近江屋に奉公した時、直吉はもういたのかい」

「ええ。生まれたばかりの赤ん坊だったそうでして、近江屋の主はそれを哀れんで雇ったそうです」

「そして、近江屋に出入りをしていた指物師の太吉に見初《みそ》められて一緒になったか……」

「はい……」

「直吉の実の父親、誰か分かったかい」

「それなのですが、誰も知りませんよ」

「近江屋の旦那も……」

「ええ。旦那どころか、おすみは太吉にも教えちゃあいません」

「太吉も知らないのか……」

「ええ。太吉は直吉の親父は自分一人だと、聞こうともしません」

「良い父親だな……」

半兵衛は感心した。

「はい……」

「だったら大沢家の者かな……」

「おそらく……」

新吾は大きく頷いた。

「ひょっとしたら、大沢修理さまの子供かも知れませんよ」

「下女のおすみが、殿様のお情けを受けたかい……」

「違いますかね……」

「御落胤《ごらくいん》か……」

「はい。それをおすみが密かに連れてお屋敷を出た。それで大沢さまが探し当てて連れ戻した……」

「だとしたら何故、おすみは直吉を連れ出したんだい」

「えっ……」

「黙って大沢家にいれば、直吉は若様、おすみは下女から御側室。もう水仕事で手を荒らし、埃まみれになって掃除をする事もない。それなのにおすみは何故、直吉を連れて大沢家を出たんだい」

「それは……」

新吾は言葉に詰まった。

「おすみは無理矢理、大沢さまに手込めにでもされたかい」

「そうです。だから、直吉を連れて逃げたのです」

「だったら何故、もっと早くおすみと直吉を探し出せなかったのかな」

「半兵衛さん、江戸は広いから……」

「見つけるのに、五年も掛かったか……」

「そうです」

新吾は自信を持って答えた。

「そうかな……」

半兵衛は、新吾の意見に頷けなかった。

「半兵衛さん、ひょっとしたら大沢家に家督相続の争いでも起きて、御落胤の直吉が連れ戻されたんじゃあないでしょうか」

新吾の読みが続いた。

「お家騒動ねえ」

「ええ。それで今になって直吉が必要になり、探して連れ去った。きっとそうですよ」

新吾は大きく頷き、一人合点した。

お家騒動……。

半兵衛は緩やかな緊張感に包まれた。

三

「旦那……」

庭先に房吉が現れた。

「御苦労さん。ま、あがってくれ」

寝巻き姿の半兵衛が、寝間から顔を出した。

「御免なすって……」

房吉は水を汲んで縁側にあがり、髪結の道具を出した。

着替えた半兵衛が、待っている房吉の前に座った。

「待たせたね」

「いいえ……」

房吉は半兵衛の〝日髪日剃り〟を始めながら、大沢家の内情を世間話のように報せた。

「へえ、大沢家には五歳になる若様がいるのか」

「へい。徳千代さまって名前だそうです」

直吉と同じ歳の若様……。

半兵衛は、いい知れぬ緊張感を覚えた。

旗本三千五百石大沢家には、直吉と同じ五歳の嫡子徳千代がいた。

徳千代は既に家督相続の手続きを終え、公的には長患いの父親修理に代わって大沢家の主なのだ。

徳千代が家督相続を終えている限り、如何《いか》に直吉が御落胤であろうが無用の長物。それ以上にお家騒動の火元になるかもしれない。その直吉を何故、屋敷に入れたのだ。

大沢家には秘密がある……。

半兵衛の直感が囁いた。

「それで房吉、直吉を勾かしたのは、大沢家の用人榎本佐十郎に違いないんだね」

「はい。出入りの商人や渡り中間に確かめましたが、間違いありません」

「半次の脚を斬った浪人、屋敷内にいるようかい」

「そいつはまだなんとも……」

榎本佐十郎はともかく、半次の脚を斬った浪人は見つけ次第お縄にする。

半兵衛はそう決めていた。

「屋敷内で暮らしているかどうかは分かりませんが、必ず現れますよ」

「よし、鶴次郎もそっちに行かせるよ」

鶴次郎は太吉の家を見張っていた。それは、直吉を連れ去った者たちが、何らかの連絡を取りに来るのを待っての事だった。だが、半兵衛はもうその必要はないと判断し、鶴次郎を半次を斬った浪人探索に向ける事にした。

房吉が、半兵衛の髪をきゅっと引き締め、手際よく髷を結った。

半兵衛の〝日髪日剃り〟が終わった。


直吉のいない暮らしは、太吉とおすみを変えた。

太吉は仕事場に籠もり、注文された指物造りに我を忘れようとした。

仕事に夢中になれば、一刻ではあるが直吉を忘れられる。太吉は飯を食う暇を惜しんで仕事に励んだ。

おすみは、魂の抜けた人形のようにぼんやりとし、時の流れに身を任せていた。

二人が交わす言葉は少なくなり、太吉とおすみの家は火が消えたように沈み込んだ。


半兵衛は、おすみの動きが気になった。

おすみは、直吉が大沢屋敷に連れ込まれたのを知っている。知っていながら、大沢家に抗議もせずにいるのだ。

たとえ直吉が、大沢修理を父とする御落胤であったとしても、母親が自分である限りは抗議に訪れてもいい筈だ。だが、おすみはぼんやりと日を過ごしていた。

一体、どうしてなのだ……。

半兵衛は、おすみの真意が分からなかった。

「鶴次郎、おすみ、いつもああなのかい」

「ええ。炊事洗濯を済ませると、牛天神の境内に行って遊んでいる子供をぼんやり見ていましてね。可哀想に直吉を思い出してんでしょうね」

「うん。ところで鶴次郎、ここはもう良いから、房吉と一緒に大沢屋敷を見張ってくれ」

「大沢屋敷ですか……」

「うん。そして半次の脚を斬った浪人どもを見つけて、お縄にするんだ」

「合点だ」

鶴次郎は喜び、張り切った。

半次と鶴次郎は、良いことも悪いことも一緒にしてきた幼馴染みだった。

半次の脚の恨みを晴らしてやる……。

鶴次郎はそんな思いを胸に秘め、喜び勇んで大沢屋敷に向かった。


直吉は小さな身体を固く縮め、泣きもせずに唇を噛み締めて静乃を睨み付けていた。

「可愛げのない子じゃ……」

静乃はそう呟き、直吉を腰元に任せて部屋を出て行った。

直吉は幼い決意で逃走を企てた。だが、二人の腰元が、幼い企てを冷たく阻止した。

「おっ母ちゃん……」

直吉は悔しげに呟いた。

静乃は己の居間に戻った。

居間には線香の香りが漂っていた。

静乃は、文机の上に置かれた白木の位牌に手を合わせ、用人の榎本佐十郎を呼んだ。

「奥方さま……」

用人の榎本佐十郎が、待っていたかのように現れた。

「お入りなさい」

静乃が招き入れた。

榎本が静乃の前に手を突き、頭を下げた。

「お呼びにございますか」

「榎本、直吉は徳千代と違い、可愛げのない子じゃ」

「はあ。何分にも町方、指物師の家で育てられました故……」

「育ちとは恐ろしいものじゃ……」

「ま、気長に教えるしかございますまい。それより奥方さま、おすみにございますが……」

「おすみが如何致しました」

「何も申してこないのが何やら不気味で……」

「分をわきまえてのことであろう」

「そうかも知れませぬが、あれほど直吉を渡さぬと言い張っていたのに、こう大人しいと気になりましてな」

「ならば、どうして大人しいか調べて見るが良かろう」

「はっ……」

「それより榎本、寄合肝煎の本多《ほんだ》さまをお招きして、徳千代の家督相続を披露するのは五日後、それ迄に何とか致さねばなりませんぞ」

直参旗本は二千九百石以下で無役の者を小普請組といい、三千石以上の無役の者を寄合席と称した。その束ね役を〝肝煎〟といい、定員は五人だった。

三千五百石の大沢家の家督を継いだ徳千代は、当然無役の寄合席となって父修理同様に肝煎本多忠晴《ただはる》の組に入る事になった。

大沢家としては五日後、寄合席肝煎本多忠晴を招き、徳千代を披露する予定になっているのだ。

「奥方さま、おすみを遣いますか……」

「おすみを……」

「はい。おすみならば、直吉も云うことを聞くでしょう」

榎本は狡猾《こうかつ》な眼差しで静乃を窺《うかが》った。

「成る程、面白いかもしれぬな……」

静乃は冷たい笑みを浮かべた。


大沢屋敷の門は閉ざされている。

鶴次郎は房吉と合流し、大沢屋敷を見張った。

「助かったぜ鶴次郎。表門と裏門、一人じゃあどうしても手が足りなくてな」

「だったら房吉の兄い、あっしが裏門を見張りますよ」

「そうしてくれるかい」

「はい……」

鶴次郎は裏門に廻った。

小半刻が過ぎた。

鶴次郎は、裏門を見通せる塀の蔭に潜んでいた。

武家屋敷は人通りが少なく張り込みやすいが、同時に目立つものでもある。

鶴次郎は位置をこまめに変え、見張りを続けていた。

裏門が開いた。

鶴次郎は、塀の蔭に素早く身を潜めた。

二人の浪人が、辺りを窺いながら出てきた。

半次を斬った浪人ども……。

鶴次郎は緊張した。

二人の浪人は、裏門から路地伝いに左内坂に向かった。鶴次郎はそれを見届け、表通りに走った。

「兄い……」

「どうした」

房吉が物蔭から出て来た。

「裏門から浪人が二人出て来て、左内坂に向かった」

「やっと動きやがったか」

「あっしは左内坂の上がり口に先廻りします」

「ああ。俺は後ろから追う」

鶴次郎は狭い路地を走り、神田川に面した左内坂の上がり口に急いだ。そして、房吉は左内坂に向かった。

房吉が左内坂に出た時、坂道を降りていく二人の浪人が見えた。

半次の脚を斬った野郎だ……。

房吉は慎重に尾行を始めた。

鶴次郎は、左内坂の隣の長延寺谷の坂を駆け降り、神田川沿いの道に出た。

二人の浪人が、隣の左内坂から降りて来て、神田川沿いの道を牛込御門に向かって進んでいった。

鶴次郎は二人の浪人の背後から房吉が来るのを確め、神田川沿いの道に出た。

房吉と鶴次郎は連携を取り、二人の浪人を巧妙に尾行した。

二人の浪人は、牛込御門と神楽坂の間を通り、江戸川に架かる船河原橋を渡った。

行き先は、牛天神裏の太吉の家……。

房吉と鶴次郎はそう睨んだ。

鶴次郎は何気なく歩みを止め、二人の浪人に追い抜かせた。

「鶴次郎、野郎どもが半次を斬った浪人だ。きっと太吉の家に行く」

「ええ。あっしは先廻りします」

鶴次郎は江戸川沿いを猛然と走り、二人の浪人を追い抜いて船河原橋の隣の立慶橋を渡った。そして、一気に牛天神門前町裏の太吉の家に急いだ。

太吉の家の傍に新吾がいた。

「新吾の旦那……」

「おお、どうした鶴次郎」

「半兵衛の旦那は」

「牛天神の境内だ」

半兵衛は、おすみを見張って牛天神の境内にいた。

「半次を斬った浪人どもが、こっちに来ます」

「なんだと」

新吾は血相を変えた。

「今、房吉の兄いが追ってきます」

「分かった。半兵衛さんに報せてくれ」

「合点だ」

鶴次郎は牛天神に走った。

牛天神の境内は、参拝客たちが長閑に手を合わせていた。

おすみは境内の隅に佇み、楽しげに遊んでいる子供たちをぼんやりと見ていた。半兵衛は、そんなおすみを哀しげに見守っていた。

旗本大沢家からどうやって直吉を取り戻せばいいのか……。

相手は町奉行所同心の手の及ばない大身旗本だ。だが、何か手立てはある筈だ。

半兵衛は思いを巡らせた。

「旦那……」

鶴次郎の緊張した声が、半兵衛の思考を中断させた。

半兵衛は怪訝に振り返った。

鶴次郎は半兵衛に駆け寄り、二人の浪人が来るのを告げた。

「よし……」

敵が動いた……。

二人の浪人が、直吉を取り戻す突破口になるかもしれない。

半兵衛は苦く笑った。


二人の浪人は、太吉の家を密かに窺った。

仕事場からは、太吉がほぞを組み合わせて叩く音がしていた。

「磯貝《いそがい》、家の中には女はいない」

半次の脚を斬った浪人が、仕事場を覗いていたもう一人の浪人磯貝に声を掛けた。

「仕事場は亭主だけだ。どうする沼倉《ぬまくら》」

二人の浪人、磯貝と沼倉は囁き合った。

「牛天神の境内かも知れぬ……」

沼倉と磯貝は、牛天神の境内に向かった。

新吾と房吉が物蔭から現れ、沼倉と磯貝を追った。


おすみの焦点の定まらない眼差しは、相変わらず楽しげに遊ぶ子供たちに向けられていた。遊ぶ子供たちの向こうに、直吉の姿が見えているのかも知れない。

半兵衛と鶴次郎は、おすみから離れて浪人たちの来るのを待っていた。

「旦那……」

鶴次郎が一方を指差した。

二人の浪人が裏手から境内に現れた。

「あいつらが、半次の脚を斬ったのかい」

「房吉の兄いがそう云っていました」

「よし……」

半兵衛は小さく笑った。

新吾と房吉が、二人に続いて境内に入って来た。逃げ道は塞いだ。

沼倉と磯貝は、片隅にいるおすみを見つけた。そして、油断なく辺りに異常がないのを確かめ、おすみに近付いた。

おすみは怪訝に振り向いた。

沼倉が素早く何事かを囁いた。

おすみは驚き、立ち竦《すく》んだ。

沼倉と磯貝は、薄笑いを浮かべておすみを促した。おすみは迷い、躊躇《ためら》うように沼倉と磯貝に続いて行こうとした。

「何処に行くんだい」

半兵衛が呼び掛けた。

沼倉と磯貝は、半兵衛に振り向き素早く身構えた。

「白縫さま……」

おすみが怯《おび》えた。

「お前さんたち、直吉を勾かしてうちの若い者を斬ったね」

半兵衛は沼倉と磯貝を見据え、ゆっくりと間合いを詰めた。鶴次郎が続いた。

「不浄役人が……だったらどうする」

「神妙にお縄を受けて貰うよ」

「ふん。出来るか……」

沼倉と磯貝が刀を抜き払った。新吾と房吉が、おすみの前に飛び出して身構えた。

沼倉と磯貝は、取り囲まれたと知って怯んだ。

「手前ら、大人しく刀を棄てろ」

新吾が怒鳴りつけた。

「煩《うる》せえ」

磯貝が新吾に斬り付けた。

新吾は雄叫びをあげ、猛然と迎え撃った。

刀の閃きが交錯した。

新吾は続けざまに斬り付けた。

刀の刃が咬み合い、火花が飛び散って焼ける臭いが漂った。

磯貝は、新吾の激しい斬り込みに後退りした。新吾は構わず押し捲《まく》り、激しく突き飛ばした。磯貝は足を取られ、どっと仰向けに倒れた。すかさず房吉が、磯貝の刀を握る手を蹴飛ばした。磯貝の手から刀が飛んだ。房吉は磯貝に馬乗りになり、その顔を激しく殴り飛ばした。

沼倉は動揺した。

磯貝が捕らえられ、激しく動揺した。

半兵衛は居合い抜きに構え、間合いを詰めた。沼倉は後ろに下がり、必死に間合いを保った。

「半兵衛の旦那、そいつが半次の脚を斬った野郎ですぜ」

房吉が叫んだ。

「この野郎……」

鶴次郎は沼倉の背後を塞いだ。

沼倉は焦った。

半兵衛は苦笑し、一気に見切りの内に踏み込んだ。

沼倉の刀が鋭く放たれた。

刹那《せつな》、半兵衛が身を沈めて腰を捻った。

光芒が走った。

沼倉は左脚から血を撒き散らし、横倒しにどっと倒れた。

田宮流抜刀術だ。

鶴次郎が猛然と襲い掛かった。

沼倉の刀を奪い取り、その顔と腹を鋭く蹴り飛ばした。沼倉は苦しそうに呻いた。

「鶴次郎、いい加減にするんだね」

「へい。こいつは半次の分だ」

鶴次郎の最後の一蹴りが、沼倉の顔に浴びせられた。

「新吾、こいつらを大番屋に連れて行き、医者を呼んでやれ」

「心得ました」

半兵衛は、沼倉と磯貝を新吾に任せた。新吾は房吉と鶴次郎に手伝わせ、沼倉と磯貝に縄を打って大番屋に連行した。

おすみは立ち竦んでいた。

「おすみ、奴らは何と云って来たんだい」

半兵衛は尋ねた。

「直吉が待っているって……」

おすみは哀しげに告げた。

「旗本大沢修理さまの屋敷でかい」

「白縫さま……」

おすみは僅かに狼狽した。

「おすみ、そろそろ何もかも話して貰おうかな」

半兵衛は優しく促した。

「申し訳ありません……」

おすみは項垂《うなだ》れた。

「……直吉は私の子供じゃあないんです」

「おすみさんの子供じゃあない」

半兵衛は眉を顰めた。

「はい。直吉は大沢修理さまと奥方静乃さまの実のお子なのです」

半兵衛は驚いた。

「どういう事だ」

「五年前、私が大沢さまのお屋敷に下女奉公していた時、直吉は若様の徳千代さまの双子の御兄弟として生まれたのです」

「双子……」

直吉は双子だった。

半兵衛は意外な事実に茫然とした。

「それで、お殿さまと奥方さまが、双子を不吉だと忌み嫌われ、弟君を用人の榎本佐十郎さまに棄てるようにお命じになられたのです。ですが、生まれてきた子に罪はございません。私は榎本さまにお願いし、棄てる筈の弟君を貰い受けたのです」

「そして、直吉と名付けて自分の子にしたのか……」

「はい……」

「それから室町の近江屋に奉公し、太吉と知り合ったんだね」

「はい。太吉は私と直吉に優しくしてくれました」

「太吉は、直吉の実の親の事は何も知らないんだね」

「はい。直吉は私の実の子供だと……」

「太吉、直吉の父親の事、聞かなかったようだね」

「はい。直吉の父親は、この世に俺一人だと……本当に優しい人なのです」

「おすみ、何故、大沢家は直吉を勾かすような真似までして、連れ戻したのか分かるかい」

「白縫さま、詳しいことは分かりませんが、用人の榎本佐十郎さまのお話では、大沢家に一大事が起こったとか……」

「それで、今になって直吉を返してくれと云ってきたのか」

「はい。榎本さまがおみえになりまして……」

「それでどうしたんだい」

「直吉は太吉と私の子供、返すも返さないもございません」

「断ったんだね」

「はい。そうしたら無理矢理、直吉を連れ去ろうとしたのです。ですが、神代新吾さまが偶々《たまたま》通り掛かって……」

「だが、二度目に連れ去られてしまったかい」

「はい……」

「連れ去ったのは、大沢家の用人榎本佐十郎だね」

「はい……」

おすみは直吉を追い、すぐに大沢家に走った。だが、閉じられた門の前で立ち竦んだ。

直吉が大沢家の子なのは事実なのだ。

仮に大沢家が直吉を棄てたと言い張ったところで、指物師夫婦が大身旗本に相手にされる筈もない。

「それに……」

おすみは言い澱《よど》んだ。

「それになんだい……」

半兵衛は先を促した。

四

おすみは哀しげに話を続けた。

「指物師の子供でいるより、お旗本の子供になった方が幸せなのかもしれません」

おすみは自分にそう言い聞かせ、直吉を諦めたのだ。それは、直吉の身を思う哀しい親心と云えた。

「おすみ、直吉は大沢家に戻り、本当に幸せになれると思うか」

「白縫さま……」

おすみは、哀しげな眼差しを半兵衛に向けた。

「お前さん自身、幸せになれるとは決して思っていないはずだ」

「でも、今はもう、そう思うしかないのです」

おすみの声には涙が滲《にじ》んでいた。

半兵衛はおすみを憐れんだ。

「おすみ、諦めるのは、直吉が本当に幸せになれるかどうか見極めてからだよ」

「白縫さま……」

「一度棄てた子をお家の大事だからといって無理矢理に取り戻す。幾ら大身旗本でもそいつは余りにも身勝手だよ」

半兵衛は憤りを見せた。

「おすみ、決して諦めちゃあならない……」

半兵衛はおすみを励ました。

おすみは嗚咽を洩らした。

大沢家に起きた大事とは何なのか……。

直吉の大沢家での役目とは……。

半兵衛は、そこに直吉を取り戻す手立てがあると睨んだ。


二人の浪人、沼倉市蔵《いちぞう》と磯貝軍兵衛《ぐんべえ》は、材木町の大番屋に繋がれていた。

大番屋は〝調べ番屋〟とも云い、容疑者や関わりのある者たちを取り調べるところである。

半兵衛は磯貝を呼び出し、板壁の鎖に繋いだ。

「磯貝、お前が大沢家の用人榎本佐十郎に頼まれて直吉を勾かし、岡っ引を斬り殺した。そうだな」

半兵衛は半次が死んだと偽り、磯貝を尋問した。

「直吉を勾かしたのは事実だが、岡っ引を斬ったのは俺じゃない」

「惚けたって無駄だよ。お前が殺《や》ったと沼倉が云っているんだ」

半兵衛は、沼倉を道具にして磯貝を脅した。

「違う。岡っ引を斬ったのは沼倉だ」

「往生際が悪いね。正直に白状した方が身の為だよ」

「だが、違うものは違うんだ」

磯貝は言い張った。

「ま、いいさ。違ったところで打首と島流し、大した変わりはないよ」

半兵衛は、岡っ引を斬った者は打首だと臭わせ、冷たく嘲《あざわら》笑った。

「冗談じゃあねえ。死ぬか生きるか、大違いだ」

焦った磯貝は、後ろ手に縛った鎖を揺らした。鎖が重く冷たい金属音を鳴らした。

「磯貝、信じて欲しいのなら、知っている事を何もかも白状するんだな」

「白状したら、岡っ引を斬ったのが沼倉だと信じてくれるのか」

磯貝は半兵衛に訴えた。

「磯貝、そいつは話によりけりだよ……」

半兵衛は笑った。

「話す、知っている事は何もかも話す」

「本当かい……」

「ああ。本当だ。何でも訊いてくれ」

「そいつは良い心掛けだね。じゃあ、先ずは大沢家の一大事ってのが何か、教えてくれないかい」

磯貝は言葉を呑んだ。

「ま、無理にとは云わないがね」

半兵衛は嘲笑を浴びせた。

磯貝は覚悟を決めた。

「家督を継いだばかりの若様が、急な病で呆気《あっけ》なく死んだそうだ」

「若様が……」

半兵衛は驚いた。

「徳千代さまが亡くなったのか」

「ああ……」

磯貝は頷いた。

半兵衛はようやく気付いた。

大沢家の家督相続をしたばかりの徳千代が、急な病で呆気なく死んだ。

家督相続は、嫡出の長男を嫡子とし、家督の相続人とした。だが、様々な理由で嫡子の相続が叶わぬ時は、嫡孫、次男以下の直系兄弟を相続人として公儀に願いでなければならなかった。そして、実子のいない時は、生前に養子を決めて嫡子とした。

旗本大沢家には、徳千代の他に男の子はいなかった。徳千代の急死は、長患いの修理は勿論、奥方の静乃や用人の榎本佐十郎を愕然とさせた。五歳の徳千代に、養子を立ててある訳はない。そして、公儀に慌てて養子願いを届け出たところで、認められる可能性は少ない。

三河以来の旗本、大沢家は断絶する。

静乃と用人榎本佐十郎は断絶を恐れ、五年前に棄てた徳千代の双子の兄弟直吉を取り戻す事にしたのだ。

直吉を徳千代に仕立てる……。

それが、静乃と榎本の企てだった。

「そういう事か……」

半兵衛は、事の真相に辿《たど》り着いた。

房吉と鶴次郎、そして新吾は、半兵衛から事の真相を聞いて驚いた。

「直吉が三千五百石の旗本の若様……」

新吾が茫然と呟いた。

「そして今、直吉は死んだ双子の徳千代に代わり、大沢家の主になろうとしているんだ」

「凄い話ですね……」

新吾は呆れ返った。

「うん……」

「半兵衛の旦那、幾らお家の一大事とはいえ、僅か五歳の子供を無理矢理、親許から引き離すなんて血も涙もねえ所業です。違いますか」

鶴次郎は怒りを隠さなかった。

「だが鶴次郎、三千五百石の大身旗本の若様だぞ。これから何の苦労もなく生きていけるんだぜ」

新吾は羨ましそうに吐息を洩らした。

「冗談じゃあねえ。新吾の旦那、だからといって犬や猫の子のように棄てたり、勝手に連れて来たりして良いって法はねえんですぜ」

鶴次郎が反論した。

「そりゃあそうだけど……」

新吾は貧乏御家人の未練をみせた。

「新吾の旦那、鶴次郎、肝心なのは直吉の幸せですぜ」

房吉が割って入った。

「その通りだ。直吉はこのまま大身旗本の若様でいた方が幸せか、貧乏でも優しい職人夫婦の許で暮らした方が幸せか……」

新吾と鶴次郎は、半兵衛の言葉に黙り込んだ。

「半兵衛の旦那はどう思いますか……」

房吉が半兵衛に視線を向けた。

「私かい」

「へい……」

「とりあえずは直吉を取り戻すよ」

「半兵衛の旦那……」

鶴次郎が喜んだ。

「何事もそれからだよ」

「分かりました」

房吉が頷いた。

「それにしても半兵衛さん、相手は大身旗本、どうやって取り戻すんですか」

新吾が身を乗り出した。

「さあて、どうするかねえ……」

半兵衛は冷え切った茶を啜《すす》った。


左内坂の上には、厚い雲が重く垂れ込めていた。

おすみは、ゆっくりと坂道をあがった。そして、突き当たりの尾張屋敷を右手に曲がり、中根坂を進んだ。行く手に大沢屋敷が浮かんできた。

おすみは緊張し、微かに怯えた。だが、怯えを振り払うように懐の直吉の独楽を握り締め、大沢屋敷の裏門に向かった。

半兵衛は新吾と鶴次郎、そして太吉を従えて物蔭からおすみを見送った。

「おすみ……」

太吉が祈るように呟いた。

半兵衛と新吾は、昨夜の内に事の真相を教えた。太吉は驚き、茫然とした。おすみは、今まで黙っていた事を太吉に泣いて詫びた。

「それでも直吉は俺の倅だ……」

太吉はおすみを許した。そして、直吉の哀しい運命を憐れみ、大沢家の理不尽さに怒った。

半兵衛は、おすみと太吉に直吉を取り戻す企てを話して聞かせた。

「おすみさん、無事に直吉に逢えると良いんだが……」

新吾が、心配げに大沢屋敷を見上げた。

「大丈夫だ。きっと上手《うま》くいく。よし、新吾、鶴次郎、太吉と一緒に裏門に廻ってくれ」

「心得ました」

新吾は、鶴次郎と太吉を連れて裏門に急いだ。そして、半兵衛は時が経つのを待った。

おすみは裏門から台所に通され、小部屋で待たされた。

五年前まで奉公していた屋敷には、懐かしさの欠片《かけら》もなかった。感じるものは、冷たさと修理が飲んでいる薬湯の臭いだけだった。

直吉……。

おすみは耳を澄ませた。

屋敷内は静かであり、人の声はおろか幼い子供の声も聞こえなかった。

廊下を来る人の足音がした。

おすみは緊張して待った。

榎本佐十郎が、障子を開けて入って来た。

おすみは平伏した。

「良く来たおすみ……」

「はい……」

「沼倉と磯貝は一緒ではないのか」

榎本は眉を顰めた。

「はい……」

「どうしたのだ」

「私は、榎本さまがお呼びだと聞いてやって来たまで、お二人のことは存じません」

「そうか……」

榎本は腑に落ちない面持ちになった。

「それで榎本さま、ご用件は……」

おすみは尋ねた。

「う、うむ。こちらに参れ」

榎本はおすみを促し、台所脇の小部屋を出た。おすみは続いた。

直吉に逢える……。

おすみは懐の直吉の独楽を握り、暗く陰鬱《いんうつ》な屋敷の奥に向かった。


床の間を背にして静乃がいた。

「奥方さま、おすみが参りました」

榎本は、おすみを静乃に引き合わせた。

おすみは平伏した。

「おすみ、今までよう直吉を育ててくれました。礼を申しますぞ」

静乃は薄笑いを浮かべた。

おすみは平伏するだけだった。

「ついては直吉に武家の作法を教えたい。その方も力をかすのじゃ。良いな」

「は、はい……」

「ではな。榎本、頼みましたよ」

「心得ましてございます」

静乃は平伏しているおすみを一瞥し、座敷を出て行った。そして、腰元が若様姿の直吉を連れて入って来た。

「おっ母ちゃあん」

直吉が腰元の手を振り払い、おすみに抱きついた。

「直吉……」

おすみは直吉を抱き締めた。

その時、廊下に家来がやって来た。

「榎本さま……」

「何用だ」

「只今、北町奉行所の臨時廻り同心白縫半兵衛なる者が、榎本さまにお目通りを願い罷《まか》り越しております」

「北町奉行所の同心……」

「はい。岡っ引を斬った沼倉市蔵と磯貝軍兵衛なる者を捕らえたら、大沢修理さまと榎本佐十郎さまに命じられての仕業と白状したとか」

「なんだと……」

榎本は意外な報せにうろたえた。

「それで、旗本大沢家関わりの事なれば、町奉行所の手に余るので評定所に届け出ても良いかと……」

「ならぬ」

榎本は思わず叫んだ。

評定所に届け出られ、事情を詳しく問い質されれば、徳千代の急死と直吉を身代わりにする企てが露見する恐れがある。露見すれば、公儀を欺《あざむ》く者として当主は切腹、大沢家が取り潰しになるのは間違いない。

榎本の焦りが募った。

「何処だ。その白縫半兵衛とやらは、何処にいる」

「玄関脇の使者の間に……」

「よし」

榎本は家来を従え、玄関脇の使者の間に急いだ。

おすみと直吉は、腰元と一緒に残された。

「直吉、達者だったかい」

「うん。お母ちゃあん」

直吉は嬉しそうに頷いた。

腰元が険しい眼を向けていた。


使者の間に通された半兵衛は、屋敷内の様子を窺った。

屋敷内には緊張があった。

それが、日常なのか、半兵衛が訪れたからなのかは分からない。

いずれにしろ大沢屋敷は、冷たく陰鬱に沈んでいた。

近付いて来た足音が止まり、榎本が家来を従えて入って来た。

半兵衛は会釈をした。

「白縫半兵衛殿か……」

「はい。榎本佐十郎殿ですな」

半兵衛は榎本を見詰め、薄く笑い掛けた。

薄笑いは、秘密を共有する者に対するものだった。

榎本は動揺した。

「如何にも、榎本にござる」

「お屋敷に出入りしている備後《びんご》浪人沼倉市蔵と下総《しもうさ》浪人磯貝軍兵衛なる者ども、大沢さまと榎本殿の命を受けて子供を勾かし、止めようとした岡っ引を斬ったと白状しておりますが、間違いございませんか」

「い、いや、それは違う……」

榎本は慌てた。

「違うとは」

半兵衛は問い質した。

「左様。我が大沢家は沼倉、磯貝などと申す浪人どもとは、何の関わりもござらぬ」

「大沢家に関わりなき者どもとなれば、我ら北町奉行所が探索を続け、詳しい事情を突き止めても宜《よろ》しいのですな」

「それは……」

榎本は僅かにうろたえ、言葉に詰まった。

「榎本殿、沼倉と磯貝が榎本殿と一緒に指物師の子供を勾かしたと白状している限り、我らは調べなければなりません。ですが、榎本殿は旗本の御家来、我ら町奉行所の支配違い、よってお目付に届けて評定所扱いにして戴く事になります」

「評定所扱い……」

榎本は驚愕した。

評定所は幕府最高の裁判所であり、寺社奉行・勘定奉行・町奉行の三奉行の他に大目付、目付の合議制であり、案件によっては老中が決裁するものもあった。

榎本佐十郎は直参旗本家の家来、陪臣《ばいしん》であり、目付の管轄下にある。

評定所扱いになれば、目付は配下の徒目付《かち》に命じて徹底的な調べをする。そうなると、直吉の徳千代身代わりも露見する。

大沢家は取り潰し、家は断絶する。そして、大沢修理と榎本佐十郎は切腹を免れない。

「し、白縫殿、この通りだ。穏便に、何分にも穏便にお願い致す」

榎本は半兵衛の前に両手を突き、深々と頭を下げた。

「さあて、どうしますかな……」

半兵衛は苦笑した。

直吉はおすみにしがみつき、離れる様子を見せなかった。

腰元は墨を磨り、手習いの仕度を終えた。

「徳千代さま、手習いの仕度が整いました」

「おいら徳千代じゃあない、直吉だよ」

直吉は、幼い眉を逆立てて腰元を睨んだ。

「さあ、どうぞ……」

腰元は、直吉に蔑《さげす》んだ眼差しを浴びせた。

直吉は、武家の若様としての躾けを受けている。

おすみは機会を窺った。

直吉はおすみが来たのに気を強くしたのか、墨を含んだ筆の穂先を腰元の顔に向けて振るった。墨が飛び、腰元の顔を汚した。腰元は短い悲鳴をあげて身を引いた。

今だ……。

おすみは直吉を抱き、裸足《はだし》のまま庭に飛び出した。

屋敷の様子は五年前と変わっていない。

おすみは直吉を抱いて裏門に走った。

腰元が人を呼びながら追って来た。

おすみは植え込みの蔭を走り、裏門の近くに潜んだ。

「おっ母ちゃあん……」

直吉は不安げな声をあげた。

「黙って……」

おすみは懐から直吉の独楽を出し、塀の向こうに投げた。

塀越しに飛んで来た独楽が、甲高い音を鳴らして落ちた。

「新吾の旦那……」

鶴次郎が素早く独楽を拾った。

「うん」

新吾は裏門を叩いた。

「北町奉行所の者だ。凶状持ちが逃げ込んだ。門を開けろ」

新吾は門を叩き、怒鳴った。

裏門の門番は驚いた。

「早く開けろ。刃物を持った凶状持ちだ」

新吾の怒声に門番はうろたえ、慌てて裏門を開けた。

飛び込んで来た新吾と鶴次郎が、門番を撲《なぐ》り倒した。

「新吾さま……」

直吉を抱いたおすみが、植え込みの蔭から飛び出してきた。

「おすみさん、直吉」

新吾と鶴次郎は、おすみと直吉を裏門の外に連れ出した。

「直吉……」

太吉が待っていた。

「お父っちゃん」

直吉は太吉に飛び付いた。

「鶴次郎、太吉たちを頼む」

「合点だ。さっ、太吉さん、おすみさん早く」

鶴次郎は、直吉を背負った太吉とおすみを連れて逃げた。新吾は裏門を閉じ、追手を警戒しながら鶴次郎たちに続いた。

屋敷内が騒がしくなった。

榎本は眉を顰めた。

家来が駆け付けて来た。

「榎本さま……」

「どうした」

家来は榎本の耳に囁いた。

榎本の血相が変わった。

「し、白縫殿、暫くお待ちを……」

榎本は半兵衛の返事を待たず、使者の間を出て行った。

半兵衛に笑いが込み上げた。

どうやら上手くいったようだ……。

半兵衛は立ち上がって背伸びをし、玄関に向かった。

屋敷内の騒ぎは、一段と大きくなっていた。


半兵衛は見送りも受けず、大沢屋敷を出て中根坂を下った。中根坂には、もう新吾たちの姿は見えなかった。

おそらく新吾たちは、神田川市ヶ谷御門脇の船着場から屋根船に乗り、柳橋に向かって下っている筈だった。屋根船は柳橋の船宿『笹舟』のものであり、船頭は老練な伝八。迎えは房吉と下っ引の幸吉だ。

太吉とおすみ、そして直吉の親子は、暫く『笹舟』の主で岡っ引の弥平次に預かって貰う手筈になっていた。

半兵衛はのんびりと坂を下り、突き当たりを左に曲がって左内坂の上に出た。

左内坂の下には、神田川の水面の煌《きら》めきが眩《まぶ》しく見えた。

男たちの足音が、背後に迫って来た。

来た……。

半兵衛は左内坂を下りた。

「待て」

榎本の怒声が響いた。

半兵衛は止まり、ゆっくり振り向いた。

大沢家の家来たちが、素早く半兵衛を取り囲んだ。そして、榎本が息を荒く鳴らして現れ、半兵衛に対峙《たいじ》した。

「どうしました……」

半兵衛は笑い掛けた。

「直吉は何処だ……」

榎本は眼を血走らせ、声を引《ひ》き攣《つ》らせていた。

「直吉……」

「そうだ、直吉とおすみだ」

「さあ、私は知りませんよ」

半兵衛は〝知らぬ顔の半兵衛〟を決め込んだ。

「黙れ。その方が仕組んだ事に相違あるまい。如何に町奉行所同心といえども許しはせぬ」

「榎本さん、私が何を仕組んだというのです」

「おのれ……」

榎本は怒りに震えた。

大沢家の家来たちが、包囲の輪を縮めた。

半兵衛は苦笑し、僅かに腰を沈めた。

「その方が儂《わし》の注意を引きつけ、その間におすみに直吉を連れ出させた。相違あるまい」

「さあ、何の事やら……」

「惚けるな」

榎本の声は怒りに掠《かす》れた。

「榎本さん、私が何も知らない方が、大沢家には良いのではありませんか」

半兵衛は苦笑した。

「なんだと……」

榎本は思わず怯んだ。

「北町奉行所の同心の私が知っているとなると、全てを公にしなければなりませんよ。家督を相続したばかりの徳千代さまの急死。五年前に棄てた徳千代さま双子の直吉を、身勝手な都合で育ての親から奪い取り、挙句《あげく》の果てには、身代わりに立てて御公儀を欺こうとしている。同心の私がそんな事を知っているとなると、役目上黙っている訳にはいきませんよ」

「白縫……」

榎本佐十郎は凍《い》てついた。

「だから私は、何も知らない……」

半兵衛は微笑んだ。

大沢家の家来たちの中には、半兵衛の理屈に納得して囲みを解く者が現れた。

「だが、大沢家はどうする。徳千代さま亡き今、大沢家はどうすれば良いのだ」

榎本は半兵衛に泣きついた。

「寄合肝煎の方に事実を告げて力になって貰い、親類縁者から跡継ぎを探す。あるいは、勾かしなどと姑息《こそく》な真似をせず、直吉の親であるおすみ太吉夫婦に頭を下げて頼む。いずれにしろ、手立てはある筈です、違いますかな……」

「叶わぬ時は……」

榎本の声が震えた。

「私は三十俵二人扶持の貧乏同心、護るべき家名も家族もない。あるのは、武士としての誇り、腹を切るのみです……」

「切腹……」

榎本は茫然と呟き、その場に崩れ落ちた。

「いずれにしろ、私は何も知らない……」

知らぬ顔の半兵衛……。

大沢家を尚も窮地に追い込み、これ以上の暴発をさせては遺恨が残る。そして、遺恨の火の粉は、おすみと直吉の身に降り掛からないとも限らない。

半兵衛が知らない限り、公にはならず何も変わらないのだ。半兵衛は〝知らぬ顔の半兵衛〟を決め込んだ。

半兵衛は家来たちを見廻した。

家来たちは囲みを解き、道を開けた。

半兵衛は左内坂を下りた。背中が、榎本の嗚咽を聞いた。

房吉と鶴次郎が、心配げな面持ちで待っていた。

「半兵衛の旦那……」

鶴次郎が駆け寄って来た。

「どうした」

「はい。伝八の父っつぁんの屋根船で、新吾の旦那と……」

半兵衛と鶴次郎は、左内坂を下りながら話した。

「そうか……」

「話、つきましたか……」

待っていた房吉が並んだ。

「うん。知らん顔の半兵衛でね」

「御苦労さまでした……」

房吉が小さく笑った。

半兵衛は左内坂を下った。

太吉おすみ夫婦の許に戻った事が、直吉にとって幸せなのかどうかは分からない。だが、今の直吉が幸せなのは間違いない。

五歳の直吉には、太吉やおすみと別れて暮らした数日間は悪夢に過ぎない。そして、成長していく中で忘れ去り、太吉の跡目を継いで指物師になるかも知れない。

幸せかどうかは、直吉自身がその時に決める事なのだ。

世の中には、知らなくて良い事が数多くある……。

坂の上に沈む夕陽は、半兵衛たちの影を長く伸ばしていた。


一月後、旗本大沢修理は、長い患いの末に息を引き取った。

大沢家は、公儀に末期養子を辛うじて認めて貰った。だが、三千五百石の扶持米は、千五百石に減知された。減知の理由は、徳千代の急死を速やかに届け出なかった事にあった。

だが、大沢家は取り潰された。大沢家取り潰しは、夫を喪《うしな》った奥方静乃の乱行にあった。静乃は役者遊びと買物に現《うつつ》を抜かした。用人の榎本佐十郎は、静乃を斬り棄て、腹を切って死んだ。
跡目を相続した養子は、家中取締り不行届きで切腹を命じられた。
半兵衛は、榎本と養子の死を悼《いた》んだ。
直吉は大沢家での出来事を忘れ、牛天神の境内を駆け廻って遊んでいた。

第四話　風《かざ》車《ぐるま》

一

小石川養生所は患者で溢れていた。

養生所肝煎《きもいり》の本道医小川良哲は、朝から忙しく過ごしていた。

養生所は、享保《きょうほう》七年（一七二二）に小石川伝通院《でんずういん》前で町医者を営んでいた小川笙船《しょうせん》が目安箱に提案し、公儀によって小石川薬園内に設立されたものである。

本道医（内科）二人、外科二人、眼科一人の五人の医師で運営される養生所には、百人以上の入院者が無料で療養していた。養生所の経費は公儀によって賄《まかな》われ、その運営は町奉行所から派遣された与力・同心によって行われていた。

北町奉行所同心神代新吾は、そうした養生所廻り同心の一人であった。

その日、半兵衛は〝御落胤《ごらくいん》〟騒動で脚を斬られ、養生所の病人部屋に入って治療している半次を見舞った。

半兵衛は良哲と半次担当の外科医に挨拶し、産婆《さんば》修業中の介護人お鈴の案内で半次の病人部屋に向かった。

病人部屋の連なる長屋は、暖かい日差しに包まれていた。

半次は縁側の柱に寄り掛かり、斬られた左脚を投げ出して転寝《うたたね》をしていた。

「半次さん……」

お鈴の声に半次が眼を覚ました。

「やあ……」

半兵衛が微笑《ほほえ》み掛けた。

「こりゃあ半兵衛の旦那」

半次が、左脚を投げ出したまま慌てて姿勢を正した。

「大分、良いようだね」

「お蔭さまで、もういつでも出られます」

半次はそう云って左脚を動かし、密かに顔を歪《ゆが》めた。

「半次さん、そうして無理をするから、良哲先生は家に帰っていいと仰《おつしや》らないのですよ」

お鈴が厳しく窘《たしな》めた。

半兵衛は苦笑した。

半次は養生所暮らしに退屈し、一刻も早い退所を望んでいた。

「直吉勾《かどわ》かしの始末、新吾の旦那に伺いましたよ」

「そうか……」

「あの、半次さん……」

町方のおかみさんが、風車を持ってやって来た。

「ああ、おさよさん……」

「お邪魔でしょうか……」

おさよは、半兵衛に遠慮がちに尋ねた。

「いいや。構わないよ」

半兵衛は気軽に答えた。

「そうですか、申し訳ありません。半次さん、いろいろお世話になりましたが、今日これから文七《ぶんしち》を連れて家に戻ります」

おさよの亭主、半次の養生所仲間の文七が退院する事になったのだ。

「そいつはめでたい。良かったね」

半次は喜んだ。

「お蔭さまで。それで文七が、退屈しのぎに作った風車を半次さんにって……」

おさよは、千代紙を貼った風車を差し出した。乱れた髪が、疲れ果てたかのように揺れた。

「それはそれは……」

半次は風車を受け取った。

「半次、めでたく養生所を出る人が作った縁起の良い風車だ。大事にしな」

半兵衛は微笑んだ。

「はい。で、おさよさん、文七さんは……」

「神代さまに町駕籠《まちかご》を呼んで戴きまして……」

文七は、既に呼んだ町駕籠に乗っているようだ。

「旦那、申し訳ありません。ちょいと……」

「ああ。見送っておいで……」

半次は、お鈴の手を借りて立ち上がった。

「ご無礼致しました」

おさよは半兵衛に深々と頭を下げ、養生所の表に向かった。半次はお鈴の手を借り、左脚を引きずって見送りに続いた。

静かな女だ……。

おさよは、亭主の退所に余り喜びを見せていない……。

半兵衛はそう感じた。微風が吹き抜けた。

半兵衛は残された風車を手に取り、庭から吹く微風に向けた。

千代紙の貼られた風車は、微風を受けてくるくると軽やかに廻って虹を浮かべた。

「ほう、見事なものだ……」

半兵衛は眼を細めた。


五日後、半兵衛は北町奉行所与力大久保忠左衛門に呼ばれた。

「半兵衛、昨夜遅く音羽町《おとわちょう》で扇の上絵師が殺された。すぐに行ってくれ」

忠左衛門は、性急さを丸出しにして半兵衛に命じた。

「えっ……」

半兵衛は大袈裟《おおげさ》に驚いて見せた。

「半兵衛、勿体《もったい》をつけても無駄だ。この一件はその方の扱いだ。良いな。早々に掛かれ」

忠左衛門は、問答無用で半兵衛に命じた。

半兵衛に誤魔化《ごまか》す暇はなかった。


江戸城の北西に神霊山護国寺があり、門前町である音羽町が一丁目から九丁目まで続いていた。

神霊山護国寺は、五代将軍綱吉《つなよし》の生母桂昌院《けいしょういん》の発願で建立《こんりゅう》された寺である。

そして、護国寺から江戸川まで真っ直ぐに続く門前町は、桂昌院に仕えていたお年寄の音羽が拝領し、〝音羽町〟と呼ばれた。

半兵衛は鶴次郎を従え、江戸川橋を渡って音羽町に入った。

殺された扇の上絵師の家は、音羽町を抜けて護国寺門前を左に曲がった西青柳《にしあおやぎ》町《ちょう》の外れにあった。

「旦那、あの路地の奥じゃありませんか」

鶴次郎は、路地の前でうろうろしている若い男を指さした。

若い男は下っ引のようだった。

「おい……」

　鶴次郎は若い男に声を掛けた。

　若い男は振り向き、半兵衛と鶴次郎に慌てて頭を下げた。

「北町の白縫の旦那と鶴次郎って者だ。お前さんは……」

　鶴次郎が尋ねた。

「へい。十手を預かっている音羽の万吉《まんきち》親分の下っ引を務めている久六《きゆうろく》と申します」

「殺された扇の上絵師の家、この奥かい……」

「へい。ご案内します」

　久六は、半兵衛と鶴次郎を路地奥に案内した。路地奥には線香の臭いが漂っていた。

「親分、北町の白縫の旦那がお出でになりました」

　久六が家の中に告げた。

　岡っ引の音羽の万吉が、奥の部屋から出て来た。

「こりゃあ白縫の旦那、御苦労さまにございます」

「うん。万吉、こっちは鶴次郎だ」

「万吉親分、鶴次郎です。宜《よろ》しくお引き回しをお願いします」

「おう、万吉だ……」

「それで万吉、仏は奥かい」

半兵衛と鶴次郎は、仏の安置されている奥の部屋に入った。

座敷には仏が安置され、枕元で線香が紫煙を揺らしていた。そして、女房と思われる女が、肩を落として座っていた。

「おさよさん、北町の白縫さまがお見えだよ」

おさよ……。

聞いた事のある名前だった。

「御造作をお掛け致します」

聞いた事のある声だった。

「おさよか……」

半兵衛の声におさよが怪訝《けげん》に顔をあげた。

おさよは、小石川養生所で半次に風車をくれた女だった。

「お役人さま……」

おさよは、茫然とした面持ちで半兵衛を見詰めた。

「北町奉行所の白縫半兵衛だよ」

「旦那、お知り合いなんですか」

鶴次郎が囁《ささや》いた。

「うん。半次を見舞いに養生所に行った時にね。じゃあ仏さんは……」

「亭主の文七にございます」

万吉が、仏の顔に被せてあった布を捲《めく》った。

おさよの亭主文七は、意外にも穏やかな死に顔をしていた。

「どうやって殺されていたんだい」

「はい。久六……」

万吉と久六が、文七に掛けられていた蒲団を取った。

文七の心の臓が血に汚れていた。

「この匕首《あいくち》が、心の臓に深々と突き刺さっておりました」

万吉は手拭に包んだ匕首を見せた。匕首は血に汚れていた。

「一突きかい……」

「他に傷はありません」

「争った跡は……」

半兵衛は辺りを見廻した。

文七の遺体がある部屋と隣の仕事場に、争った形跡は見られなかった。三畳ほどの仕事場には、台の上に様々な顔料と筆が綺麗に並べられ、白紙の扇紙が積み重ねられていた。

扇は竹で骨を作る〝扇骨加工〟、絵を描く〝上絵加工〟、絵を描いた地紙を折る〝折り加工〟、そして折られた地紙を扇骨に糊づけして仕上げる〝仕上げ加工〟の四つの工程があり、分業で造られる。

文七の描く扇絵は好評であり、上絵師として将来を嘱望《しょくぼう》されていた。

半兵衛は、文七が最期に描いたと思われる地紙を手にした。地紙には、観音像が描かれていた。

「良い絵だね」

「ありがとうございます……」

おさよは微笑んだ。

描かれた観音像も僅かに微笑んでいた。

おさよに似ている……。

半兵衛の直感が囁いた。

「争った様子、ありませんね」

鶴次郎が怪訝に辺りを見廻した。

「うん。おさよ、文七が殺された時、お前は何処《どこ》に……」

「白縫さま……」

おさよが遮《さえぎ》った。

「なんだい」

「文七は私が殺しました……」

おさよが告白した。

「おさよ……」

万吉が驚き、鶴次郎は言葉を失った。

「私が心の臓を一突きにして、文吉を殺しました」

おさよは半兵衛を正面から見詰め、はっきりと告げた。

「何故だい、おさよ。何故、文七を殺したんだい」

「私が仕事から戻ると、病の痛みに苦しみのたうち廻っていて、私、訳が分からなくなって気が付いたら……」

「殺していたのかい……」

半兵衛はおさよを正面から見据えた。

「はい……」

おさよは頷《うなず》き、項垂《うなだ》れた。

「万吉……」

半兵衛は万吉を居間に呼んだ。

「どう思う」

「へい。あっしは……」

万吉は首を横に振った。

「どうしてだい」

「旦那、匕首は柄まで深々と文七の心の臓に突き刺さっていました。幾ら病でも相手は男、女に出来る仕業とは……」

「思えないか」

「はい……」

万吉は頷いた。

おそらく万吉の睨《にら》みは正しい。

「だったら何故、自分が殺《や》ったなんて云うのかな」

「誰かを庇《かば》っているのかもしれません」

「成る程……」

「どうします」

「よし。万吉は仏を葬り、おさよの身辺に庇う相手がいるかどうか調べてくれ。私はとりあえずおさよを北町の仮牢に入れる」

「承知しました」

半兵衛は、おさよを北町奉行所の仮牢に入れる事にした。大番屋に入れないのは、おさよが自白をしているからだった。

「おさよ、これから北町奉行所に一緒に来て貰う。文七は万吉が葬るから、もう二度と逢えない。しっかりと手を合わせるんだな」

「はい……」

おさよは文七の顔を見詰め、手を合わせた。

「お前さん……」

おさよは固く眼を瞑《つぶ》った。涙が滲《にじ》むように溢れ、静かに零《こぼ》れ落ちた。

半兵衛と鶴次郎は、おさよを北町奉行所の仮牢に入れた。

仮牢に入れられたおさよの顔は、不思議な安堵感に満ち溢れていた。

亭主殺しは極刑の死罪・磔《はりつけ》の刑である。それは町方の者でも知っている事だ。当然、おさよも知っている筈だ。だが、おさよは安堵感に満ち溢れていた。

文七殺しの裏には、何かが潜んでいる……。

半兵衛は鶴次郎におさよの過去を洗うように命じ、小石川養生所に向かった。

•

音羽の万吉と久六は、おさよの身辺にいる男の洗い出しを急いでいた。だが、おさよの身辺に男の影はなかなか浮かばなかった。

万吉と久六は、地道に探索を進めていった。


半兵衛は小石川養生所を訪れた。

「文七さんが殺された……」

半次は愕然とした。

「で、殺したのは誰ですか」

「それが、女房のおさよが自分が手に掛けたと云っているんだよ」

「そんな……」

半次は茫然とした。

「おさよの仕業だとは思えないかい」

「旦那。おさよさんは文七さんに尽くして、心底尽くしていましたから……」

「殺す筈はないか……」

「……そう思います」

半次は頷いた。

「文七の病、何だったか知っているかい」

「胃の腑《ふ》の病だと聞いていますが……」

「胃の腑の病……」

「はい。お鈴ちゃんの話じゃ、亡くなった柴田《しばた》の旦那の病に似ているとか……」

「柴田さんの病に似ているか……」

お鈴の父親柴田平蔵《へいぞう》は、胃の腑に質《たち》の悪い腫《は》れ物《もの》が出来る病に苦しんで死んでいた。お鈴は、文吉と父親の病が似ていると云っていた。

「良哲先生に詳しく訊いてみるか……」

「はい。あっしもお供します」

半次は、おさよの文七殺しに戸惑いながらも、久し振りの事件に脚の痛みを忘れた。

養生所肝煎本道医小川良哲は、半兵衛から事の次第を聞いて言葉を失った。

「それで先生、文七の胃の腑の病とはどんなものなんです」

「質の悪い腫れ物が出来る病です」

「やっぱりそうですか。ですが、養生所を出たなら大分良くなっていたのじゃあ……」

「半兵衛さん、本当は私、養生所を出るのを許したんじゃあないのです」

良哲の顔は、苦渋に満ち溢れた。

「と云うと……」

半兵衛は先を促した。

「文七の胃の腑の病は、もう手の施しようがないのです」

「では、死を待つだけですか……」

「ええ……」

文七は不治の病に掛かっていた。

「そいつは、本人も気が付いたようでしてね。此処《ここ》を出て家に帰りたがったのです」

「どうせ死ぬなら家で死にたいですか……」

半兵衛は、扇の地紙に描かれた観音像を思い出した。

「きっと……それにおさよさんも連れ帰りたいと願うので、養生所を出るのを許したのです」

「良哲先生、おさよは文七の病が治らないと知っていましたか」

「それは、私が教えました」

おさよは、文七が死病に蝕《むしば》まれているのを知っていた。知っているから、文七を家に連れ帰りたいと願い出たのだ。

「……おさよさん、文七が胃の腑の激しい痛みに苦しんでいるの、見ていられなかったんでしょう」

良哲はおさよと文七を憐れんだ。今の医術には、胃の腑に出来る質の悪い腫れ物を治す手立てはない。

「無力なものです」

良哲は悔しがった。

半兵衛は、おさよの心の内を読んだ。

おさよは激痛に苦しむ文七を哀れみ、楽にしてやりたい一心で手に掛けた。それは、文七を愛する余りの事なのかもしれない。半兵衛は、北町奉行所仮牢内のおさよを思い出した。不思議な安堵感に包まれたおさよの顔が浮かんだ。

主殺しは死罪、磔の刑である。

おさよは死を覚悟している……。

半兵衛にはそう見えた。

「旦那……」

半次が不安そうな顔を向けていた。

「半次、おさよが文七を手に掛けてもおかしくはないか」

「はい。辛く苦しい思いをしている文七さんを楽にしてやった」

「半次もそう思うかい」

「はい。違いますかね……」

おさよには、亭主の文七を手に掛ける理由があるのだ。

半兵衛と半次は、おさよの亭主文七殺しを読んだ。

「憐れな……」

良哲が淋しそうに呟いた。

「先生……」

半次が遠慮がちに良哲を見た。

「なんだい」

「あっしの脚、もう治ったと思うんですが」

半次は養生所の退所を願った。良哲は半次担当の外科医と相談し、養生所を出るのを許した。

半次は喜び、すぐに身の回りの物を荷物にまとめ、医師や養生所廻り同心、そして介護人や患者仲間に挨拶をして廻った。

新吾とお鈴たちが見送ってくれた。

半次は風呂敷に包んだ荷物を背負い、見送ってくれる人々に頭を下げた。そして、新吾とお鈴に、後で逢う約束をして半兵衛に続いた。

半兵衛は、風車を持って養生所の門を後にした。

二

半兵衛は文七の造った風車を手にし、小石川の町を出た。

半次は左脚を僅かに引きずるだけで、荷物を背負って歩くのに何の不都合もなかった。

「旦那、娑婆《しゃば》の風は気持ちがいいですねえ」

半次の顔は爽《さわ》やかだった。

御薬園を吹き抜けてくる風が、風車をくるくると廻した。

風車の紙は、扇を作る地紙に千代紙を貼って作ったものだ。

風車は吹き抜ける風に廻り、七色の虹を浮かべた。文七は病が治ると信じ、風車を造ったのかもしれない。だが、望みは無残に打ち砕かれた。死を覚悟した文七は、家に帰るのを願った。そして、望みの証《あかし》である風車を半次に譲った。

風車は軽やかに廻り続けた。

音羽の万吉は、おさよの身辺を地道に探索し続けた。おさよの暮らし振りは、文七が養生所に入ってから変化していた。昼間は養生所に行って文七の身の廻りの世話をし、夕方からは料亭の仲居の仕事をしていた。

音羽桜木町の料亭『梅里』が、おさよの仕事先だった。

料亭『梅里』のある桜木町は、門前町の外れ江戸川橋の傍にあった。そこは、文七おさよの家がある西青柳町とは、音羽の町を挟んだ正反対に位置していた。

おさよは、申《さる》の刻七つ半（午後五時）から町木戸が閉まる亥《い》の刻四つ（午後十時）まで仲居として『梅里』で働いていた。

文七が殺された夜も、おさよは『梅里』で働いていた。おさよは仕事を終えて家に戻り、文七を殺したと自供している。

音羽の万吉は、『梅里』でのおさよの仕事振りを調べた。

「おさよですか……」

仲居頭のお貞《さだ》は、厚化粧の中の皺《しわ》を動かした。

「ああ。どんな働きっぷりだったかな」

「そりゃあもう……」

お貞は、意味ありげに含み笑いを洩らした。

「そりゃあもう、いろいろあるかい……」

万吉は笑い、お貞を誘った。

「ええ。親分、大人しそうな顔をしていても本性は分かりませんからねえ……」

「男、いたのかい」

「男ねえ……」

お貞が下卑《げび》た笑みを浮かべた。

「いたんだな」

「そりゃあの若さで、亭主が病人ならいない方がどうかしているよ」

おさよには男がいた。

「そりゃあそうだ。で、男、店の客かい」

「でも、お客さまのことはねえ……」

お貞は勿体をつけた。

万吉は素早くお貞に小粒を握らせた。

「あら、ま、親分……」

お貞の厚化粧が崩れ落ちそうになった。

「何処の誰だい」

万吉は畳み掛けた。

「絵師の菱川春泉《ひしかわしゅんせん》って方ですよ」

「菱川春泉……」

おさよの隠し男は、菱川春泉と云う絵師だった。春泉は『梅里』にあがると、おさよを呼んでいた。お貞の見た限りでは、おさよは『梅里』以外でも春泉と逢っている様子だという。

文七が殺された夜、おさよは『梅里』にあがった菱川春泉の酒の相手をしていた。

「親分、おさよはその絵師と一緒に……」

下っ引の久六が緊張した。

「ああ……」

絵師菱川春泉が、大きく浮かび上がった。

鶴次郎は、文七とおさよが住む西青柳町の大家を訪れ、二人の人別帳を調べた。

文七とおさよは、八年前に西青柳町の家に越してきていた。請け人は大家自身であり、市ヶ谷に店を構える扇問屋『祥扇堂《しょうせんどう》』の主、喜左衛門に頼まれての事だった。

文七おさよの詳しい事は、市ヶ谷の扇問屋『祥扇堂』の喜左衛門が良く知っている。

鶴次郎は、市ヶ谷の『祥扇堂』に急いだ。

おさよは、八年前まで『祥扇堂』に奉公する女中だった。そして、文七は『祥扇堂』に出入りする上絵師だった。

二人は『祥扇堂』で知り合い、互いに惚《ほ》れ合って所帯を持った。そして、護国寺門前の西青柳町に引っ越した。

文七は上絵師としての仕事に励み、おさよは懸命に支えた。そして、六年間が過ぎた頃、文七は身体に異常を覚えた。胃の腑に痛みを感じ、身体が痩せ始めたのだ。

文七は町医者に通い、おさよは胃の腑に効くといわれる様々な薬草を煎《せん》じた。だが、文七の胃の腑の痛みは治まらず、おさよは養生所の医師小川良哲に相談した。

良哲は文七を診察し、胃の腑の病が質の悪い腫れ物の出来る死病だと診断した。

おさよは良哲に密かに呼ばれ、亭主文七の病を知らされた。

文七は不治の病に罹《かか》った……。

おさよは愕然とし、そして茫然とした。

摂生《せっせい》すれば、病の進行が遅くなって長生き出来る。

良哲はそうおさよに告げた。

おさよは、良哲の言葉を頼りに文七を養生所に入れ、懸命に看病をした。

文七とおさよは、肩を寄せ合って必死に生きている……。

鶴次郎は二人の過去を追い、愛し合っていた夫婦の姿を目の当たりにした。

そのおさよが、亭主の文七を刺し殺した。もし、それが事実ならば、苦しむ文七を見ていられなくなった優しさ故の選択なのだ。

鶴次郎はおさよに同情した。


北町奉行所仮牢は、高窓から差し込む西日に赤く染まっていた。

おさよは仮牢の隅に座り、時の流れに身を任せていた。憑《つ》き物《もの》が落ちたような穏やかな横顔は、文七が最期に描いた観音像に似ていた。

大久保忠左衛門は半兵衛を呼び、おさよの始末を問い質《ただ》した。

「主殺しは天下の大罪。半兵衛、何故早々に伝馬町《てんまちょう》送りに致さぬのだ」

「大久保さま、そいつは如何《いかが》なものでしょう」

「どういう事だ」

「おさよは亭主殺しを白状してはいるものの、ひょっとしたら誰かを庇っての事やも知れませぬ。万が一、取り違えとなりますと天下の笑い者」

「ならぬ、それはならぬぞ」

忠左衛門は白髪頭を振り立てた。

「ならば今しばらく、このままで……」

半兵衛は、早々に忠左衛門の前から引きあげた。

同心詰所に戻った半兵衛を、音羽の万吉が待っていた。

「おう、何か分かったかい」

「はい……」

万吉はおさよの身辺を調べ、絵師の菱川春泉が浮かんだ事を報告した。

「絵師の菱川春泉……」

「はい。元はお旗本の三男坊でしてね。家を飛び出して絵師になったとか……」

良くある話だった。

旗本や御家人の次男、三男は、家督相続も出来ず部屋住みと称され、他家の養子か婿の口を探すしかなかった。だが、養子や婿の口がそうあるものではない。

多くの部屋住みは、家を出て大名や他家に家来として仕官するか、浪人をするしかなかった。それも叶《かな》わぬ者は、武士の身分を棄てて医師や絵師になった。

　菱川春泉もそうした者の一人なのだ。

「万吉、その菱川春泉、本名は何て名前だい」

「そいつは今、久六が……」

「そうか……で、その菱川春泉がおさよの隠し男だって云うのかい」

「ええ。梅里の仲居頭が……」

「親分はどう見る」

「菱川春泉、美人画が得意の絵師でしてね。噂では結構な遊び人だそうですよ」

「おさよとの関わり、あるか……」

「仲居頭の云う通りかどうかは分かりませんが、何らかの関わりはあるんじゃあないかと思います」

　万吉は、料亭『梅里』の仲居頭お貞の言葉を鵜吞《うの》みにはしていなかった。

「菱川春泉、何処に住んでいるんだい」

「牛込水道町にある高徳寺って寺の家作に住んでおります」

　牛込水道町は、江戸川を間にして桜木・音羽町と向かい合うところにある。

「料亭梅里にはそう遠くはないか……」

「はい。それに文七とおさよの暮らす西青柳町にも……」

文七おさよの家、料亭『梅里』、そして菱川春泉の家はそう遠くはないのだ。

「いろいろと都合が良さそうだね」

半兵衛は苦笑した。

「ええ。良過ぎるぐらいですよ」

万吉も呆れたような笑顔を見せた。

都合が良過ぎる……。

半兵衛と万吉は、素朴な疑問を抱かずにはいられなかった。

お鈴は半兵衛に渡された金で酒を買い、半次の快気祝いの膳を拵《こしら》えた。

半次は、半兵衛が注いでくれた酒を飲み干した。久し振りに飲む酒は、五臓六腑に熱く染み渡った。

半兵衛と鶴次郎、そしてお鈴と新吾は半次の家に集まり、左脚の傷が治ったのを祝った。

「ところで鶴次郎、文七とおさよが所帯を持った頃の事、何か分かったかい」

「それなんですがね、旦那……」

鶴次郎は、扇問屋『祥扇堂』で聞いた事を詳しく話した。

「……そんなに惚れ合って一緒になった亭主を手に掛けるかな」

新吾が首を捻った。

「新吾、不治の病だ。世話する手間暇が掛かれば、金も掛かるさ」

半兵衛は、あえておさよが不利になるように告げた。それは、おさよと文七夫婦を個人的に知っている半次とお鈴の正直な意見を聞く為であった。

「旦那、たとえそうでも、あっしはおさよさんが文七さんを手に掛けたなんて、とても思えません」

半次が哀しげに酒を飲んだ。

「おさよさん、雨の日も風の日も毎日、養生所に来て文七さんのお世話をして……私、おさよさんが人を殺せるなんて思えません」

養生所で産婆の仕事を学びながら看護人をしているお鈴は、毎日通ってくるおさよと親しくなっていた。

「それにおさよさん、今でも文七さんに……」

おさよは言葉を濁した。

「惚れているかい」

半兵衛が、おさよの言葉を繋いだ。

「はい。私はそう思います」

お鈴は遠慮がちに頷いた。

「だがね半次、お鈴ちゃん、おさよは自分が文七を手に掛けたと白状しているんだよ」

半兵衛は微笑んだ。

「半兵衛の旦那。万が一、おさよさんが文七さんを手に掛けたとしたら、そいつは惚れているからじゃあないでしょうか」

半次の言葉にお鈴が頷いた。

「文七が胃の腑の痛みで七転八倒して苦しむのを見ていられなくなり、楽にしてやりたかったからか」

新吾が吐息を洩らした。

「ええ、違いますかね……」

半次はそう答え、お鈴に同意を求めた。

お鈴は頷いた。

「だがな半次、匕首は文七の心の臓に深々と突き刺されていた。とても女の仕業とは思えねえんだぜ」

「じゃあ、下手人を庇って……」

半次は思わず口走った。

「でも、おさよさんが、文七さんを殺した人を庇うなんて……」

お鈴は戸惑った。

半次と鶴次郎、そして新吾は言葉もなく酒を飲んだ。

「鶴次郎、おさよは祥扇堂に奉公する前、旗本屋敷に奉公していなかったかい」

「しちゃあいませんが、お旗本がどうかしたんですか……」

鶴次郎は眉を顰《ひそ》めた。

「うん。音羽の万吉の調べで、おさよが菱川春泉という雅号の絵師と関わりあると分かったんだよ」

「絵師と関わりがある」

お鈴が驚き、半次が素《す》っ頓狂《とんきょう》な声をあげた。

「菱川春泉、元は旗本の部屋住みでね。ひょっとしたら、おさよが文七と所帯を持つ前から関わりがあるんじゃあないかと思ってね」

おさよは不治の病の文七が邪魔になり、昔の情夫である菱川春泉と殺した……。

半兵衛の言葉の裏には、そうした睨みが含まれている。

半次と鶴次郎、そして新吾やお鈴は言葉を失っていた。

「ま、考えれば、それなりにいろいろ思いつくもんさ」

半兵衛は微笑み、茶碗酒を飲み干した。だが、半兵衛の誘いに乗る者はいなかった。

高徳寺の狭い境内には、近所の子供たちが賑やかに遊ぶだけで参拝客はいなかった。裏手には数軒の貸家があり、絵師菱川春泉はその一軒を借り、暮らしていた。

半兵衛は、高徳寺の土塀沿いに裏手に廻った。

「白縫の旦那……」

音羽の万吉が、下っ引の久六と一緒に植え込みの蔭にいた。

「御苦労だね」

半兵衛は植え込みの蔭に潜み、万吉たちを労《ねぎら》った。

「いいえ。菱川春泉です……」

万吉は植え込みの奥の家を示した。

植え込みの奥の家の縁側には、派手な寝巻きを着た菱川春泉が寝惚《ねぼ》け眼《まなこ》でいた。

「あいつかい……」

「ええ。昨夜、遅くまで酒を飲んでいたらしく、今し方起きたばかりです」

菱川春泉は、絵師らしい不良っぽさを漂わせた若い男だった。台所から婆さんが、春泉に茶を持って来た。春泉は礼を云い、茶を貰って啜《すす》った。

「あの婆さんは……」

「近くの百姓の婆さんで、通いで炊事洗濯に来ています」

久六が応じた。

春泉は二日酔いなのか、ぼんやりと茶を啜っていた。

「それから旦那、春泉の本名が分かりました」

万吉が囁いた。

「何処の誰だった」

「下谷御徒町《おかちまち》の御家人本田三郎兵衛さまの弟で本田周平《ほんだしゅうへい》……」

本田周平、それが菱川春泉の本名だった。

「本田周平ねえ……」

「ご存じですか」

「いいや、知らないが……万吉、その本田家に奉公人はいるかい」

「いいえ。こう云っちゃあ何ですが貧乏御家人、子沢山の上に隠居を抱えて台所は火の車。奉公人などおりません」

「そうか……」

「それと、こいつが春泉の描いた絵です」

万吉は懐から折り畳んだ絵を出し、広げてみせた。

絵には、半裸の若い女が描かれていた。

艶っぽい眼差し、後れ毛の絡んだ首筋、優しげなふくらみを見せる乳房、着物から零れている丸い膝。そして、女の顔立ちに微かにおさよの面影を感じた。

「なかなか見事な絵だね……」

「はい。結構売れているそうですよ」

万吉は版元を訪れ、春泉の絵と評判を訊いてきていた。

若いのに腕の良い絵師……。

それが、春泉の評判だった。

菱川春泉こと本田周平は、おそらく若い頃に武士である事に見切りをつけ、絵師を志したのだ。貧乏御家人の部屋住みに、絵の天分があったのは幸せな事だと云えた。

「絵師としての評判は良いのですが、酒好き女好きが悪い癖だそうでして……」

万吉は面白くなさそうに告げた。

「女癖が悪いのか……」

「はい。絵に描く女とは、殆ど出来ているって噂です」

半兵衛は吐息を洩らした。

絵師の暮らしなど分かる訳がない……。

婆さんが顔を出し、春泉に食事の仕度と洗濯が終わった事を告げて帰っていった。

春泉は下帯一本になり、井戸端で水を被り始めた。

三

春泉は、二日酔いを醒ますかのように水を浴びていた。

「どうします」

万吉が半兵衛を窺《うかが》った。

「直に話をしてみるか……」

「はい。久六、お前は此処にいな」

万吉は春泉を尾行する時に備え、下っ引の久六を残した。

半兵衛と万吉は、植え込みの蔭を出て井戸端にいる春泉に声を掛けた。

春泉は、水に濡れた眼を怪訝に瞬かせた。

居間の隣の部屋には蒲団が敷かれ、色とりどりの絵の具と女物の襦袢《じゅばん》が散乱していた。

春泉は、半兵衛と万吉に茶を差し出した。

「こりゃあ御造作をお掛けしやす」

万吉は礼を云った。

「婆さんがいるうちに来てくれたら、茶菓子が出たかもしれねえのに、残念だったな」

春泉の冗談は明るく、嫌味を感じさせなかった。

「ところで白縫さん、そろそろ用件を聞かせてくれませんか」

半兵衛は茶を啜り、湯呑茶碗を置いた。

「春泉さん、上絵師の文七を知っていますか」

「ええ……」

春泉は怪訝な眼差しを向けた。

「どういう知り合いですか」

「知り合いって、文吉さんは兄弟子です」

「兄弟子……」

「私は菱川流の絵を学びましてね。文七さんは私が一門に入った時、菱川流のいろはを教えてくれた兄弟子ですが……」

文七は美人画や裸の女を描くのが上手《うま》くなく、菱川流の絵師としては失格だった。そして、菱川流の門を出て扇の上絵師になった。文七には上絵師としての天分があり、描いた扇絵の評判は上々だった。

春泉はその後も文七を兄弟子とし、親しく付き合っていた。

「……白縫さん、文七さんは長の患い、まさか……」

春泉の眼が不安げに揺れた。

「そのまさかだが、文七は病で死んだんじゃあない」

「えっ……」

春泉は思わず驚きの声をあげた。

「病で死んだんじゃあないって……」

春泉は身を固くした。

半兵衛と万吉は、春泉の様子を見守った。

「白縫さん……」

春泉は微かに震えた。

「……文七は殺されました」

「誰に」

「おさよに……」

半兵衛は春泉を見据えて告げた。

「おさよ……」

春泉は、おさよが誰か知らないかのように聞き返した。

「文七の女房のおさよだよ」

「嘘だ……」

春泉は小さく叫んだ。

「いいや、嘘じゃあない。おさよは自分が文七を殺したと白状したんだよ」

「そんな……」

春泉はうろたえ、視線を宙に泳がせた。

「いつですか……」

「お前さんが、桜木町の梅里でおさよと最後に逢った夜だよ」

「そんな……」

春泉は絶句した。その顔は蒼ざめ、身体は小刻みに震えた。

「旦那……」

万吉は半兵衛に囁いた。

「うん……」

半兵衛と万吉は、春泉が文七殺しに関わりないと睨んだ。

「白縫さん、おさよさんは本当に自分が文七さんを殺したと云っているんですね」

「うん……」

「違います」

春泉は力なく項垂れた。

「違う……」

半兵衛は戸惑った。

戸惑いは万吉も同じだった。

「春泉さん、何が違うんです」

「文七さんを殺したのは、おさよさんじゃありません。私が手に掛けたのです」

意外な告白だった。

万吉は驚いた。

半兵衛は、春泉を見据えて尋ねた。

「……春泉さん、本当にお前さんが、文七を手に掛けたのかい」

「はい……」

春泉は、半兵衛を睨みつけて頷いた。

「どうやって……」

「そ、それは……」

春泉は言葉に詰まった。

半兵衛は苦笑した。

春泉はおさよを庇い、自分が文七を殺したと云い出したのだ。

「それは、心の臓を匕首で突き刺して……」

半兵衛は思わず眉を顰めた。

「旦那……」

万吉の半兵衛を見る視線は、不安げに揺れた。

匕首で心の臓を突き刺す……。

文七は、まさにそうして殺されていたのだ。

殺しの手口は、下手人でないと分からない。

春泉はその手口を知っていた。

万吉の顔に驚きと戸惑いが交錯した。

「匕首で腹を突き刺したんじゃあないのか」

半兵衛は罠《わな》を仕掛けた。

「いいや、私は文七さんの心の臓を一突きにして殺した……」

春泉は半兵衛の仕掛けた罠に掛からず、己が文七殺しの下手人《げしゅにん》だと言い張った。

半兵衛の態勢が崩れ掛けた。

「私はあの夜、おさよさんより一足早く梅里を出て文七さんを殺しました」

春泉は畳み掛けてきた。

半兵衛は、崩れ掛けた態勢を懸命に立て直した。

「だったら何故、文七を殺したんだい」

「おさよさんです」

春泉は覚悟を決めたのか、躊躇《ためら》いもせずに答えた。

「おさよ……」

おさよの為に文七を殺した。春泉はそう云い切った。

「文七さんは、長患いに苛立ち、おさよさんに何かと辛く当たりました。私はそれが見ていられなくなって……」

「手に掛けたのかい」

「ええ……」

春泉は頷いた。

「じゃあ春泉、おさよも文七を手に掛けたと云っているのは、どうしてだ」

「それはおそらく、おさよさんが私を庇っての事です」

「おさよはお前を庇ったってのかい」

半兵衛は念を押した。

「その通りです」

春泉には、迷いも躊躇いもなかった。

「旦那、どうします」

万吉が半兵衛を窺った。

「万吉、本人が文七を殺したと云っているんだ。大番屋に来て貰おうじゃないか」

半兵衛は苦笑した。

「ですが旦那、もうおさよを……」

「万吉、春泉とおさよが示し合わせてやったのかも知れないさ」

「違う。私が一人でやったんだ」

春泉は慌てた。

「本当だ。おさよさんは関わりないんだ。私が一人でやった事なんだ」

「そいつはゆっくり調べさせて貰うよ」

半兵衛は、崩れ掛けた態勢をようやく立て直した。

半兵衛と万吉は、菱川春泉を大番屋に連行した。

菱川春泉が文七殺しを自供した事は、鶴次郎や半次、そして新吾を驚かせた。

半兵衛は春泉を大番屋の牢に入れ、取り調べをせずに放置した。

半兵衛は、北町奉行所内の詮議所《せんぎしょ》におさよを呼んだ。

おさよは、小者たちに連行されて来た。

半兵衛はおさよの様子を窺った。おさよに変わったところは見えなかった。

「おさよ、亭主の文七を手に掛けたのは、お前に間違いないのだね」

「……はい」

おさよは怪訝に頷いた。そこには、今更何をという戸惑いがあった。

「おさよ、菱川春泉を知っているね」

「はい……」

おさよは頷いた。

「どういう関わりなんだい」

「文七と一緒に絵の修業をした方で、私が働いている料亭のお客さまにございます」

「春泉、文七が死んだ日の夜にも梅里に来て、お前さんが相手をしたそうだね」

「はい。春泉さんは何かと気を使ってくれて、文七が養生所に入ってからは特に……」

「気に掛けてくれるか……」

「はい。文七の身体を心配してくれて、暮らしも大変だろうと、お帰りの時には心付けまで下さいました」

「それだけかい……」

「はい。白縫さま、春泉さんがどうかされたのですか」

「おさよ、菱川春泉がね、文七を殺したのは自分だと云っているんだよ」

「そんな……」

おさよは驚き、息を飲んだ。

「お前さんは、自分を庇ってくれているんだってね。春泉はそう云っているんだよ」

「春泉さんが……」

おさよは茫然と呟いた。

「どうなんだい、おさよ。あの夜、春泉は梅里を出て西青柳町の家に行き、文七を殺した。その後、お前さんが帰って来たんだと云っているんだよ」

おさよは返す言葉もなく、混乱した。

「元は侍の春泉なら、文七の心の臓に匕首を柄元まで突き刺すのも容易《たやす》い事だし
……」

「違います……」

おさよは半兵衛に縋《すが》る眼差しを向けた。

「違うって何がだい」

「文七を手に掛けたのは、春泉さんじゃありません。私なんです」

おさよは必死に訴えた。

「だがねおさよ。私たちとしちゃあ、女のお前より侍崩れの春泉が殺ったたって方
が納得出来るんだよ」

「ですが……」

「もういい」

半兵衛は冷たく遮った。

「文七は大塚仲町の高源寺に葬った。ゆっくり墓参りでもしてやるんだな」

「白縫さま……」

おさよは唖然とした。

「私たちは、文七を殺した下手人を絵師の菱川春泉と見た。これまでだよ」

「違います、白縫さま。文七を殺したのは私です。私が手に掛けたのです」

おさよは血相を変え、必死に訴えた。

「だったら、お前が殺したって確かな証拠を見せて貰おうか」

「そ、それは……」

「もういい。音羽西青柳町住人さよ、放免致す。早々に引き取るが良い」

半兵衛は小者たちに指示した。

「白縫さま……」

おさよは身を乗り出し、縋りつかんばかりに訴えた。

小者たちが慌てておさよを押さえた。

半兵衛は詮議所を後にした。


おさよは茫然と北町奉行所を出た。

鶴次郎と久六が物蔭から現れ、おさよを尾行した。

「さあて、おさよがどう出るか……」

半兵衛は、音羽の万吉と一緒におさよを見送った。

「はい。で、旦那、春泉はどうします」

万吉は試すような眼を向けた。

「春泉かい。万吉はどう見る」

「そりゃあ、文七が殺されたと聞いた時の驚きようは、どうみても本物です」

「私もそう思うよ」

「なのに、おさよが殺ったと聞いた途端、自分が下手人だと言い出した」

「おさよを庇って罪を被ったか……」

「ええ……」

半兵衛は、春泉の描いた絵の女がおさよに似ているのを思い出した。

「春泉、おさよに惚れているのかも知れないな……」

「旦那……」

「それで、途端におさよを庇い、自分が身代わりになろうとしている。違うかな」

「いいえ、きっと旦那の睨み通りだと思いますが……」

万吉は腑に落ちない面持ちを見せた。

「文七の殺され方かい」

「はい。心の臓を一突き。春泉はどうして知っていたんでしょうね」

春泉は、文七が殺された事実を知らなかった。だが、どうやって殺されたかは知っていた。

「分からないのはそこだよ……」

半兵衛が、菱川春泉を大番屋に入れた理由はそこにあった。

春泉は、文七殺しに秘められているものを知っている。だから、自分が文七を殺したと云ったのだ。

半兵衛はそう睨んでいた。


音羽町は西日に照らされていた。

おさよは江戸川橋を渡り、護国寺への往来を進んだ。その足取りは揺れ、焦点の定まらない視線は宙を彷徨《さまよ》っていた。

鶴次郎と久六は、慎重に尾行を続けた。

おさよは音羽町の往来を抜け、音羽町一丁目の角を左に曲がった。そこは西青柳町だった。

おさよは家に帰るつもりだ……。

鶴次郎はそう読んだ。

「久六さん、俺は先廻りをするぜ」

鶴次郎は久六を残し、路地に駆け込んだ。


路地奥の家は、夕陽に赤く染まっていた。

おさよは、誰もいない家にあがった。

文七が寝ていた蒲団は、畳まれて隅に片付けられていた。

おさよは暗い部屋に座り込み、観音像の描かれた扇の地紙を手にとって見詰めた。

「お前さん……」

おさよは呟くように文七を呼んだ。だが、答える筈の文七は、既にこの世にいない。不意に涙が溢れて零れ落ちた。

おさよは、観音像の描かれた地紙を胸に抱き締め、嗚咽《おえつ》を洩らした。


久六は張り込んだ。

文七とおさよの家の傍には、鶴次郎の姿は見えなかった。

裏手を見張っている……。

久六はそう合点して張り込みを続けた。

日が暮れた路地奥は、人気もなく暗く静かだった。


時が過ぎた。

おさよは立ち上がり、台所に行った。そして、流し台から出刃包丁を取り、部屋に戻って再び座り込んだ。

鶴次郎は緊張し、息を殺して見詰めた。

おさよは出刃包丁を見詰めた。

出刃包丁の刃は、鈍い輝きをまとっていた。

おさよは出刃包丁を握り直し、眼を瞑った。そして、切っ先をゆっくりと自分の喉元に向けた。

出刃包丁の刃は、その輝きを小刻みに揺らした。

おさよは首を突いて自害する気だ……。

自害は、亭主を殺《あや》めてしまった悔恨なのか、それとも文七を慕っての事なのか。

いずれにしろ鶴次郎は、瞬時に飛び出せるように身構えた。

出刃包丁の刃は、その輝きを揺らしながらおさよの喉元に迫った。

鶴次郎は押し入れの襖を開け、飛び出そうとした。

刹那《せつな》、出刃包丁の刃が大きく揺れ、おさよの泣き声があがった。

おさよは自害を思い止まった。

鶴次郎は静かに息を吐いた。そして、押し入れの襖を閉め、僅かな隙間に戻した。

おさよは、出刃包丁を握り締めたまま泣き伏した。先廻りをした鶴次郎は、部屋の押し入れに潜り込んで見張っていたのだ。

おさよは泣き続けた。

鶴次郎は、おさよの泣き声を聞きながら押し入れの床板を外し、縁の下に抜ける道を用意し始めた。

おさよの泣き声は続いた。

寅《とら》の刻七つ（午前四時）。

夜明けが近付いた。

おさよは一睡もせずに朝を迎え、出刃包丁に手拭を巻いて家を出た。

久六は、鶴次郎が姿を見せないのに慌てた。

「久六さん……」

裏手から鶴次郎が現れ、おさよを追った。

久六は慌てて続いた。

「何処に張り込んでいたんだい」

「押し入れだよ」

「押し入れ……」

久六は驚いた。

「ああ、先廻りしてね」

「でも、小便をしてえ時は……」

「床板を外して縁の下に出りゃあ、どうって事はねえさ」

久六は、鶴次郎の大胆さに舌を巻いた。

「それより久六さん、おさよは自害するかもしれねえぜ」

路地を出たおさよは、護国寺の前を横切って東青柳町を抜け、大塚仲町に入った。

おさよは尚も進んだ。

墓参りか……。

大塚仲町には文七を葬った高源寺がある。

おさよは文七の墓に行くのだ。

鶴次郎と久六は追った。

文七の真新しい墓標は、高源寺の墓地の奥にあった。

おさよは文七の墓に跪《ひざまず》き、じっと見詰めた。

鶴次郎と久六は、物蔭でおさよを見守った。

文七の墓を見詰める眼は、既に乾いて涙は零れなかった。

「お前さん……」

おさよは墓標に呼び掛けた。

「待っていて下さいな……」

おさよは嬉しげに微笑み、出刃包丁に巻いた手拭を外した。

出刃包丁の刃に輝きはなかった。

心中……。

おさよは、時を隔てて文七と心中をする気なのだ。だから昨夜、自害をするのを止めたのだ。鶴次郎はおさよに忍び寄った。

おさよは眼を瞑り、出刃包丁の柄を両手で握り締めて己の喉元に近づけた。

刹那、鶴次郎がおさよの出刃包丁を握る手を押さえた。

おさよは驚き、鶴次郎の手を振り払おうとした。

「死なせて……」

おさよは抗《あらが》った。

「いいや、死んじゃあならねえ」

鶴次郎はおさよの腕を捻り、出刃包丁を奪い取った。

おさよは文七の墓前に座り込んだ。

まるで、魂を失った抜け殻のように……。

鶴次郎は痛ましい思いに駆られた。

「私は文七を殺した……」

おさよは呪文のように呟いた。

朝露が木の葉の上を転がり、朝日に輝きながら滴り落ちた。

「心中ねえ……」

半兵衛は呟いた。

「はい。あっしにはそう見えました」

鶴次郎はおさよを家に連れ戻し、駆け付けた音羽の万吉に見張りを頼み、半兵衛に報せに戻った。

「そいつが、罪を悔やんでの事か、それとも文七を慕う純な気持ちなのか……」

「あっしもそいつが分からなくて……」

鶴次郎は首を捻った。

「まあ、いい。そいつはきっと菱川春泉が教えてくれるよ」

半兵衛は苦く笑った。

四

南茅場町《みなみかやばちょう》の大番屋には、隅田川を行き交う船の櫓《ろ》の音が聞こえていた。

絵師の菱川春泉は、小者たちによって仮牢から引き出された。

半兵衛は上がり框《かまち》に腰掛けて迎え、鶴次郎は春泉の背後に立った。

春泉は後ろ手に縛られ、土間の筵《むしろ》に引き据えられた。

「どうだい、大番屋の暮らしは……」

「良い筈があるまい」

春泉は、憮然とした面持ちで半兵衛の顔を見あげた。その顔は、様々思いが交錯したのか、僅かな時で窶《やつ》れていた。

「そいつが当たり前だよ」

半兵衛は笑った。

「白縫さん、おさよさんはどうした」

「お前さんが下手人ならおさよは無実、放免したよ」

「そうですか……」

春泉は、満足げに肩の力を抜いた。

おさよに惚れている……。

半兵衛は確信した。

「……で、私の裁きの日はいつです」

春泉は、元御家人らしく姿勢を正して尋ねた。

「そいつなんだがね。上絵師の文七を手に掛けたってのは、変わらないのかい」

一瞬、春泉は戸惑いを浮かべた。

「幾ら元御家人で、文七が女房のおさよに乱暴するのを見かねての所業だとしても、殺しは殺し。死罪か島流しは免れないよ」

「分かっています……」

「それでも、文七を殺したと云うんだね」

「ええ……」

春泉は、挑むように半兵衛を睨んだ。

「そうか。だが、お前さんが下手人として裁かれれば、おさよはまた自害を企てるだろうな」

「おさよさんが自害……」

春泉は眼を見開き、息を飲んだ。

「昨夜と今朝、二度もね……」

春泉は茫然とし、小刻みに震えだした。

「幸い大事には至らなかったが。この上、お前さんが死罪や島流しになってしまうと、また出刃包丁で喉を突こうとするだろうね……」

春泉は思わず身を固くした。

「亭主の文七に続き、絵師の菱川春泉が死ぬとなると、おさよも耐えられまい」

「白縫さん……」

春泉の声は震え、上擦《うわず》っていた。

「なんだい……」

「どうしておさよさんが自害をするんだ」

「そいつは云う迄《まで》もないさ……」

半兵衛は小さく笑った。

「おさよは文七を殺したのは自分だと云っているんだ。それなのにお前さんがしゃしゃり出て来た。挙句《あげく》に下手人として死罪にでもなれば、おさよは文七の他にお前さんまでも殺す事になっちまう。そいつはおさよの本意じゃあない。必ずまた自害を企てるだろう。そうは思わないか」

「じゃあ見張っていれば……」

「ふん、誰がどうやっていつまで見張るっていうんだ」

「それは……」

半兵衛は苦笑した。

春泉は言葉に詰まった。

「庇われるのが、幸せとは限らない」

半兵衛は静かに告げた。

「人を庇うのは辛いだろうが、庇われる者はもっと辛いのかもしれない……」

春泉の顔が哀しく歪んだ。

「庇われた者は己を偽り、真実を隠して生き続けなければならない。そいつがどんなに辛く哀しい事か考えたかい」

半兵衛は厳しく春泉を見据えた。

春泉は項垂れた。

今だ……。

半兵衛は素早く畳み掛けた。

「どうだい春泉。そろそろ本当の事を話して貰えないかい。おさよの為に……」

「おさよさんの為……」

「うん。お前さんが本当におさよが好きなら楽にしてやるべきだ。違うかな」

「白縫さん……」

春泉は怯《ひる》み、項垂れた。

半兵衛は待った。

春泉の告白を待った。

鶴次郎が微かに喉を鳴らした。

春泉は縋る眼差しを半兵衛に向け、沈黙を破った。

「……私は文七さんを殺しちゃあいない」

菱川春泉は落ちた。

半兵衛は頷き、鶴次郎は吐息を洩らした。

「あの夜、私は料亭梅里で酒を飲み、おさよさんに文七さんの病の具合を訊きました」

「おさよ、どう云っていた」

「文七さんの病は悪くなる一方で、激しい痛みに苦しみのたうち廻り、苛立っていると……おさよさんも疲れ果て、辛い毎日だと泣いていました」

「それで……」

「私はおさよさんを励まし、梅里を出ました」

「真っ直ぐ帰ったのかい……」

「はい。文七さんのところに行こうかとも思いましたが、止めて家に帰りました」

春泉の全身から力が抜け落ちた。

「春泉、お前さん、文七が何故、心の臓を一突きにして死んでいたのを知っていたんだ」

半兵衛は尋ねた。

鶴次郎も僅かに身を乗り出した。

「そいつは文七さんから聞いていたんです」

「文七に……」

「はい。文七さんは病に耐え切れなくなった時は、心の臓を一突きにして自害すると私に云った事がありましてね」

「心の臓を一突きにして自害する……」

半兵衛は訊き返した。

「ええ。だから白縫さんに訊かれた時、思わずそう……」

「そいつが大当たりだったって訳か」

心の臓を一突きにする……。

半兵衛は引っ掛かった。

「白縫さん。文七さん、本当は自害だったのではありませんか」

「春泉、だとしたら何故、おさよは正直にそれを申し立てず、自分が殺めたなんて云ったんだい」

「それは……」

春泉は沈黙した。

半兵衛は苦笑した。苦笑の裏には、真相にようやく辿《たど》り着いた安らぎがあった。

半兵衛は、文七殺しの真相に気が付いた。


文七の家は雨戸を閉め、護国寺や音羽町の賑わいとは違い、暗く沈んでいた。

おさよは、地紙に描かれた観音像を見詰めていた。

紺地に銀色で描かれた観音像は、光と角度によって浮かんでは消えた。

音羽の万吉は土間の框《かまち》に腰掛け、おさよの様子を窺っていた。

「親分……」

外にいた下っ引の久六が、半兵衛と鶴次郎と一緒に入って来た。

「御苦労だったね、万吉」

半兵衛は万吉を労った。

「いえ……」

「そいつもようやくお仕舞いだ」

「旦那……」

半兵衛は頷いて見せ、おさよのいる部屋にあがった。

おさよは半兵衛を一瞥《いちべつ》もせず、小さく会釈をした。

「おさよ、菱川春泉を放免したよ」

「放免……」

おさよは半兵衛を見て訊き返した。

「うん。春泉はあの夜、梅里から真っ直ぐ家に帰った。文七を殺しちゃあいない」

おさよの顔が僅かに輝いた。

「ありがとうございます……」

おさよは頭を下げた。

「礼には及ばないよ。それよりおさよ、あの夜、梅里から帰ってきたら文七は自害をしていたんだね」

おさよは狼狽《ろうばい》した。鶴次郎と万吉、そして久六が息を飲んだ。

「匕首で心の臓を一突きにして……」

おさよは半兵衛を見詰めた。

「文七、病の苦しみに耐え切れなくなったらそうやって自害すると、春泉に云っていたそうだよ」

「文七がそんな事を……」

「うん。だが、文七は長の患いの挙句、己の心の臓を止めるほど、匕首を深々と突き刺す力はなくなっていた。文七は死に切れずにもがき苦しんだ。おさよ、お前が帰って来たのはそんな時だった……」

おさよの眼に涙が溢れた。


文七は心の臓に匕首を突き立て、必死に押し込もうとしていた。

おさよは愕然とし、文七に縋り付いた。そして、慌てて匕首を抜こうとした。

だが、文七はおさよを突き飛ばし、拒否した。

おさよは茫然とした。

文七は泣いて頼んだ。おさよに匕首をもっと突き刺してくれと、涙と鼻水にまみれた顔を苦しく歪めて頼んだ。

おさよは恐怖に震えた。

文七は身を苦しげに縮め、顔を汚して泣いて頼んだ。
惨めな姿だった。
憐れな姿だった。
そこには、扇の上絵師として絵筆を自在に操り、美しい絵を描く文七はいなかった。
上絵師の文七は、既に死んでいる……。
このまま生きながらえても、屍《しかばね》のような姿を惨《みじ》めに晒《さら》すだけなのだ。
おさよは、文七の心の臓に突き立っている匕首の柄を両手で握り締めた。
文七は安心したように微笑んだ。久し振りに見た文七の笑顔だった。
おさよは、文七の最期の笑顔を封じ込めるように眼を閉じ、匕首に全身の力を込めた。
おさよ、ありがとう……。
文七の囁きが聞こえた。
おさよは泣いた。涙が止《と》め処《ど》なく零れた。
「……私はすぐに文七の後を追って死のうとしました。でも、出来なかった……」

おさよは全てを告白した。

「何もかも良く話してくれたね」

半兵衛はおさよを優しく労った。

「おさよ、これからの事は春泉に相談するんだね。あいつは死罪覚悟でお前の身代わりになろうとした。それ程、心配しているんだ。そんな春泉に相談すりゃあ、文七も安心するだろう」

「白縫さま……」

おさよは戸惑った。

おさよが手を下した時、文七は心の臓に匕首を突きたてながらも生きていた。生きていた限り、おさよが殺した事になる。

「おさよ、あの夜、お前が梅里から戻ったら文七は自害して既に死んでいた。それで良いじゃあないか、なあ、万吉」

半兵衛は万吉に笑い掛けた。

「はい。あっしに異存はございません」

万吉は釣られたように笑った。

「よし。だったら、文七の自害の一件はこれまでだ」

「白縫さま……」

おさよは平伏し、全身を震わせて泣いた。

世の中には、私たちが知らぬ顔をした方が良い事が沢山ある……。

半兵衛は雨戸を開けた。

明るい日差しが、おさよのすすり泣きを覆《おお》うように溢れた。

半兵衛は眩しく眼を細めた。

庭の木立にむすばれていた風車が、微風を受けて軽やかに廻っていた。

音羽の往来は、護国寺の参拝客と盛り場で遊ぼうとする者たちで賑わっていた。

半兵衛は、鶴次郎、万吉、久六と共に江戸川橋に向かっていた。

「万吉、折角の手柄をすまなかったね」

「旦那、手柄なんかより人の幸せです。そいつを護《まも》ってやるのが、あっしたちの役目だと心得ております」

「良い心がけだね、万吉」

「知らん顔の半兵衛さん、ですか……」

万吉は納得した。

半兵衛が〝知らぬ顔の半兵衛〟と渾名《あだな》される謂《いわ》れを初めて目の当たりにしたのだ。

「万吉、久六、良かったら何処かで一杯やろうじゃあないか」

「いいですねえ……」

万吉は笑った。

半兵衛たちは江戸川橋の傍、音羽九丁目の角にある蕎麦屋《そばや》に入った。

四人は座敷に落ち着き、酒を酌み交わした。

半兵衛は風車を思い出した。

おさよと春泉がこれからどうするか、半兵衛は知らない。だが、風車は廻り続けるだろう。

小さな丸い虹を描いて……。

この作品は双葉文庫のために書き下ろされました。

双葉文庫

ふ-16-03

知《し》らぬが半兵衛手控帖《はんべえてびかえちょう》
半化粧《はんげしょう》

2006年8月20日　第1刷発行

【著者】
藤井邦夫《ふじいくにお》
【発行者】
佐藤俊行
【発行所】
株式会社双葉社
〒162-8540 東京都新宿区東五軒町3番28号
[電話]03-5261-4818(営業) 03-5261-4833(編集)
[振替]00180-6-117299
http://www.futabasha.co.jp/
(双葉社の書籍・コミックが買えます)
【印刷所】
株式会社亨有堂印刷所
【製本所】
株式会社宮本製本所

【表紙・扉絵】南伸坊
【フォーマット・デザイン】日下潤一
【フォーマットデジタル印字】飯塚隆士

ISBN4-575-66253-4 C0193